Juan García Ponce

Kurzerzählungen I

Der Kater – Nymphette – Rätsel

Aus dem mexikanischen Spanisch von Mathias Sasse

JUAN GARCÍA PONCE

KURZERZÄHLUNGEN I

Der Kater – Nymphette – Rätsel

Aus dem mexikanischen Spanisch von Mathias Sasse

Originaltitel der Kurzerzählungen:
Der Kater – *El gato*
Nymphette – *Ninfeta*
Rätsel – *Enigma*
García Ponce, Juan: *Obras reunidas I: Cuentos.*
© Fondo de Cultura Económica, México 2003.

Impressum
1. Auflage
Copyright © 2017 Juan García Ponce
Rechte an der Übersetzung: © 2017 Mathias Sasse
www.matze-msh.eu
Coverbild: *Trio en blanco* © Sergio Astorga
Druck: CreateSpace, ein Unternehmen von Amazon.com
Printed in Germany
ISBN: 978-3-9819141-1-5

INHALT

DER KATER

Der Kater tauchte eines Tages auf, und seitdem war er immer da. Er schien zu niemandem speziell zu gehören, zu keinem Apartment, sondern einfach zum Gebäude selbst. Sein Benehmen ließ sogar vermuten, nicht er habe das Gebäude gewählt, um es zu seinem zu machen, sondern das Gebäude ihn, so sehr passte sich seine Gestalt dem Aussehen der Flure und der Treppen an. So fing D an ihn zu sehen, nachmittags, wenn er sein Apartment verließ, oder in manchen Nächten, wenn er dorthin zurückkehrte, grau und klein, ausgestreckt auf der Fußmatte vor der Tür des Apartments, welches in der Mitte des Flures des zweiten Stockwerks lag. Sobald D, nachdem er den ersten Teil der Stufen überwunden hatte, sich umdrehte, um in den Flur zu gehen, wandte der Kater, grau und klein, ein immer noch junger Kater, ihm seinen Kopf zu und suchte seinen Blick mit seinen sehr gelben und feurigen Augen inmitten des weichen grauen Fells. Daraufhin schloss er sie einen Moment, bis sie zu einer dünnen Linie aus gelbem Licht wurden, und drehte seinen Kopf wieder nach vorne, den Blick von D ignorierend, welcher ihn trotzdem weiter anschaute, berührt von seiner einsamen Zerbrechlichkeit und ein wenig verärgert über die störende Last seiner Anwesenheit. Andere Male fand D ihn plötzlich, statt in dem Flur des zweiten Stockwerks, in eine Ecke der weitläufigen Eingangshalle gekuschelt, oder wie er langsam lief, mit dem Körper an die Wand gedrückt, ohne auf die Ankündigung fremder Schritte zu achten. Wieder andere Male tauchte er auf einem Teil der Treppe auf, wo er sich durch die Gitterstäbe aus Eisen schlängelte, um vor D die Treppe hoch oder hinunter zu gehen, immer in Bewegung, ohne sich zu ihm umzudrehen, und sich von seinen Schritten entfernte, wenn er ihn fast erreicht hatte, um sich anschließend wieder durch die Gitterstäbe zu schlängeln, schüchtern und ängstlich, obwohl D, wenn er ihn hinter sich ließ, den gelben Blick in seinem Rücken spüren konnte.

Das Gebäude, in welchem D lebte, war ein altes aber gut erhaltenes Bauwerk, mit der weisen Architektur von vor dreißig oder vierzig Jahren, welche den einzelnen Teilelementen ihren Wert und Raum einräumte, und dessen Stil durch sein eigenes Wesen unzeitgemäß geworden war, ohne seine dezente Schönheit zu verlieren. Die Eingangshalle, die Treppe und die Flure machten einen großen Teil des Gebäudes aus und zeichneten durch ihr ernstes und baufälliges Aussehen das gesamte Bauwerk aus. Einige Tage, vielleicht auch einige Wochen, vor dem Auftauchen des Katers, hatte die unvorhersehbare Willkür der Türsteher, die so alt und unerschütterlich waren wie das Gebäude und sich mit ihren Kindern und Enkelkindern in der Zwischendecke des ersten Stockwerkes drängten, um misstrauisch die vorbeikommenden Mieter zu beobachten, die beiden schweren Sofas aus abgenutztem Samt und den kleinen aber massiven Tisch, dessen ehemaliges Vorhandensein den eigentümlichen konservativen Charakter betont hatte und fern von dem Lauf der Zeit des Bauwerkes war, aus der Eingangshalle entfernt. Und es schien D so, als würde der Kater nun den Platz der Möbel einnehmen. Irgendwie passte seine unerklärliche Anwesenheit zur Tönung des Gebäudes, und bezeichnenderweise sah D ihn nie zwischen den weitläufigen und runden Kübeln aus Ton mit ihren Pflanzen aus weiten tropischen Blättern, welche jenes Paar aus dem Apartment neben ihm aus eigenem Antrieb auf die Treppenabsätze gestellt hatte, um dem Flur etwas Leben zu geben. Der Kater schien im Widerspruch zu dieser fernen Beschwörung eines Gartens zu stehen; sein Bereich waren die nüchternen und nackten Elemente der Flure und Treppen. So, wie er sich an die zwei Sofas und den Tisch gewöhnt hatte, welche die leeren Stellen der Eingangshalle gefüllt hatten und welche er jetzt vermisste, so gewöhnte D sich daran, plötzlich auf den Kater zu treffen und seinen teilnahmslosen Blick zu empfangen, ihn vor sich hoch oder hinunter gehen zu sehen, ohne sich zu fragen, zu wem er wohl gehöre.

D wohnte allein in seinem Apartment und verbrachte die meiste Zeit darin, welche ihm seine bequeme Arbeit ließ, von der er gegen ein paar Stunden tägliche systematische Betätigung genug zum Leben bekam; aber seine Einsamkeit war unvollkommen: eine Freundin besuchte ihn fast täglich und blieb das ganze Wochenende über in seinem Apartment. Beide verstanden sich sehr gut, man könnte sogar sagen, sofern es wichtig ist, sie mochten sich, auch wenn es auf eine bedingte Art und bestimmt durch ihre Körper war, was beiden zumindest zu reichen schien. Für D war es immer der Grund eines neuen Vergnügens, wenn er aus fast allen Winkeln und Ecken des kleinen Apartments in den toten Stunden, die sich Sonntag morgens immer vor ihnen auftaten, den nackten Körper seiner Freundin träge ausgestreckt auf dem Bett betrachten konnte, von einer hinreizenden Haltung zur nächsten wechselnd, die immer diese Nacktheit nochmals betonte, mit einem fast unverschämten Bewusstsein ihrerseits, dass er sie und die Darstellung ihres Körpers bewunderte. Immer, wenn D alleine war und sich an seine Freundin erinnerte, sah er sie, wie sie träge auf dem Bett ausgestreckt lag mit den Laken, welche sie hätten bedecken können, aber unverändert abgelehnt wurden, auch wenn sie nur döste, ihren Körper anbietend in einer Versunkenheit bis zur totalen Selbstaufgabe, als wäre der einzige Grund ihrer Existenz, dass D sie bewundern sollte und eigentlich ihr Körper nicht ihr gehörte, sondern ihm und vielleicht auch den Möbeln des Apartments selbst, bis hin zu den unbeweglichen Ästen der Bäume auf der Straße, welche man durch die Fenster sehen konnte, sowie der Sonne, die durch diese hereinschien, strahlend und ungenau.

Manchmal blieb ihr Gesicht von den Kissen verdeckt, und ihr Haar, dunkelbraun, nicht lang, nicht kurz, fast unpersönlich in der Abwesenheit eines Verhältnisses zu den Gesichtszügen, krönte die lange Linie ihres Rückens, welcher sich bis nach unten zog, wo er sich in den breiten Kurven der Hüften und der unbeirrten Zeichnung ihres Gesäßes verlor. Jenseits davon waren die langen Beine, voneinander getrennt in einem beliebigen Winkel, aber eng miteinander verbunden. So hatte der Körper für D fast den Charakter eines Gegenstandes. Aber auch von vorne, wenn sie ihre kleinen Brüste mit ihren lebendigen Brustwarzen und die schöne flache Ausdehnung ihres Bauches sehen ließ, wo gerade noch der Bauchnabel zu erkennen war, und den dunklen Bereich ihres Geschlechts zwischen den geöffneten Beinen, hatte der Körper etwas Fernes und Unpersönliches in der gesuchten Leichtigkeit, mit der sie selber sich vergaß und sich der Versenkung hingab. Sicherlich kannte und liebte D diesen Körper und konnte es nicht lassen, die Wirklichkeit ihrer Anwesenheit zu erproben, wenn er in seinem Apartment hin und her ging, die kleinen Verrichtungen des Alltags vollbringend, deren Sinn sich in den mechanischen Eigenschaften verliert, mit welchen wir sie erledigen können. Und genau so spürte er sie, wenn sie sich vor ihm entkleidete oder wenn sie es war die, immer nackt, sich von einer Seite des Apartments zur anderen bewegte, sich plötzlich D zuwendend, um eine belanglose Bemerkung zu machen. Diese Anwesenheit seiner Freundin, die Einsamkeit der beiden, die tiefe und ruhige Sinnlichkeit ihrer Beziehung, in welcher sie immer nackt und die seine war, war ein Teil seines Apartments, wie es auch ein Teil seines Lebens war, und wenn sie unter Menschen waren, kam dieses Wissen plötzlich zu D, ihn mit einer störenden Kraft einwickelnd, die ihn ihre Haut unter ihrer Kleidung suchen ließ und ihn von allem entfernte, solange er gezwungen war zu fühlen, dass dieses Wissen, welches er von ihr hatte, auf die anderen übertragen wurde wie eine Art Notwendigkeit, diese an seinem attraktiven Geheimnis teilhaben zu lassen. Somit war sie für ihn eine Art Brücke, über die alle passieren müssten wie das Licht, das durch die Fenster trat, wenn sie sich auf dem Bett ausstreckte, und sich auf ihrem Körper ausruhte, und wie die Möbel des Apartments wirkten, als würden sie, zusammen mit ihm, sie betrachten.

An einem dieser Sonntag morgen, an welchem sie auf dem Bett döste, hörte D durch die verschlossene Tür des Apartments ein erbärmliches Katzengeschrei, eindringlich, welches sich um sich selbst drehte, um zu einem einzigen Miauen, einem monotonen Geräusch zu werden. D stellte erstaunt fest, dass der Kater das erste Mal in dieser Form seine Anwesenheit zeigte. Sein Apartment befand sich direkt über jenem, vor dessen Tür, ein Stockwerk tiefer, der Kater sich auf der Fußmatte ausstreckte; aber das Katzengeschrei schien von einem viel näher liegenden Ort zu kommen, es gab einem das Gefühl, der Kater befinde sich innerhalb des Apartments. D öffnete die Wohnungstür und fand ihn, klein und grau, beinahe zu seinen Füßen. Der Kater musste vollständig gegen die Tür gelehnt haben, sein Jammern gegen diese gerichtet. Ohne aufzuhören zu miauen hob er den Kopf und verharrte, seinen Blick auf D geheftet, die Augen leicht geschlossen, bis sie zu zwei dünnen gelben Linien wurden, um sie direkt wieder zu öffnen. Unwillkürlich hob D, welcher einen Moment vorher bei sich gedacht hatte, das Apartment zu verlassen, um wie jeden Sonntag die Zeitung zu holen, ihn mit zwei Händen auf, nahm ihn mit in das Apartment, wo er ihn wieder auf den Boden herabließ, ging hinaus und schloss die Tür hinter sich. Im Flur und auf der Treppe hörte er weiterhin das Katzengeschrei, eindringlich, welches sich um sich selbst drehte, als würde es etwas einfordern und nicht aufhören, bis es dies bekam, und als er zurückkehrte, mit der Zeitung unter dem Arm, hatte sich das Geschrei in keinster Weise verändert. D öffnete die Tür und trat in das Apartment ein. Der Kater war nicht zu sehen, aber sein Gejammer war unüberhörbar, als käme es nicht aus einer bestimmten Richtung, sondern als würde es das ganze Apartment einnehmen. D ging durch das Wohnzimmer, in welches die Eingangstür mündete, und durch die andere Tür, genau gegenüber, welche zum Schlafzimmer führte, konnte er den Körper seiner Freundin in der gleichen Haltung sehen wie als er sie verlassen hatte, dösend und den Kopf in die Kissen vergraben. Die Decken am Fußende des Bettes machten ihre Nacktheit noch vollkommener. D trat in das Schlafzimmer ein, gehüllt in den erbärmlichen Ton des Katzengejammers, und sah den kleinen grauen Kater, einen starren Blick auf den nackten Körper richtend, auf seinen vier Pfoten inmitten der anderen Tür des Schlafzimmers stehend, als könne er sich nicht entscheiden einzutreten. Die Aufteilung des Apartments erlaubte den Zugang zum Schlafzimmer von der Eingangstür durch eine der beiden Türen, direkt durch das Wohnzimmer, oder mit einem Umweg über die Küche und das kleine Esszimmer, welches direkt neben ihr und dem Schlafzimmer lag. D stellte überrascht fest, dass er sich fragte, ob der Kater wohl den Umweg gewählt hatte oder direkt in das Schlafzimmer gegangen war und nun nur so tat, als könne er sich nicht entscheiden einzutreten.

Unterdessen im Bett, unter seinem Blick und dem des Katers, wechselte seine Freundin die Lage, eines ihrer langen Beine ausstreckend, um dieses an das andere zu legen und mit einem Arm das Kissen umfassend, ohne den Kopf zu heben oder dem braunen Haar zu erlauben auf eine Seite zu fallen, damit das Gesicht sichtbar würde. D wandte sich dem Kater zu, hob ihn auf, ohne dass dieser aufhörte zu miauen, setzte ihn wieder draußen im Flur ab und schloss die Tür. Danach setzte er sich auf das Bett, streichelte langsam den Rücken seiner Freundin, ihre Haut unter seiner Handfläche wiedererkennend, als könne diese ihn bis zum Grund des Körpers führen, der sich vor ihm erstreckte, und er beugte sich herab, um sie zu küssen. Sie drehte sich, immer noch die Augen geschlossen haltend, legte ihre Arme um seinen Nacken, ihren Körper anhebend und gegen den von D drückend, und mit ihrem Mund an seinem Ohr flüsterte sie, er solle sich entkleiden, und sie blieb an ihm haften, während er dies befolgte. Später, als beide nebeneinander lagen, immer noch die Beine ineinander geschlungen und eingehüllt in den Geruch ihrer beiden Körper, fragte sie ihn, so als ob sie sich plötzlich an etwas lange da gewesenes erinnerte, ob er irgendwann den Kater, der draußen gejammert habe, in die Wohnung gelassen hätte.

„Ja. Als ich rausging, um die Zeitung zu kaufen", antwortete D, und es fiel ihm auf, dass das Gejammer aufgehört hatte.

„Und wo ist er, was hast du mit ihm gemacht?" sagte sie.

„Nichts. Ich brachte ihn wieder hinaus. Es hatte keinen Zweck mehr ihn hier zu behalten. Ich wollte, dass er dich überrascht während ich weg war", sagte D und fügte hinzu: „Warum?"

„Ich weiß nicht", erklärte sie. „Ich hatte plötzlich das Gefühl, er wäre hier drinnen, das hat mich verwundert und mir gleichzeitig gefallen, aber ich konnte mich nicht entscheiden aufzuwachen..."

Die Freundin blieb im Bett bis zum späten Vormittag, währen D, auf dem Boden sitzend, neben ihr die Zeitungen las, die er beim Hereinkommen auf dem Tisch gelassen hatte. Danach gingen sie beide zusammen essen. Der Kater hatte nicht wieder angefangen zu miauen, er war auch nicht im Flur, nicht auf der Treppe und nicht in der Eingangshalle, und beide vergaßen den Vorfall.

Während der nächsten Woche, auch wenn er das Katzengejammer nicht wieder hörte, traf D bei den verschiedensten Gelegenheiten auf den Kater, grau und klein, nur einen Moment ihn ansehend, unverändert auf der Matte vor der Tür des unteren Apartments, sich zwischen den Eisenstangen der Treppe hindurch schlängelnd, vor ihm hinauf oder hinunter gehend, ohne ihn anzusehen, als ob er vor ihm fliehen wollte, oder langsam schreitend, ganz an die Wand der Eingangshalle gedrückt, und sobald er die schwere Glastür, die zur Straße führte, geschlossen hatte, ihn hinter sich lassend, kam es ihm vor, als ob der Kater sich jedes Mal mehr als Besitzer des Gebäudes behauptete und argwöhnisch wie die Pförtner darauf wartete, dass D zurückkäme, Gleichgültigkeit vorspielend auf seiner Matte, oder sich um die Eisenstangen der Treppe schlängelnd, mit der zerbrechlichen und empfindlichen Gestalt eines Kätzchens, das niemals wächst, aber trotzdem niemanden braucht. Auch wenn seine leise Anwesenheit manchmal störte, sein Aussehen hatte immer etwas Zartes und Bewegendes, das zum Beschützen ermutigte und einen spüren ließ, dass seine stolze Unabhängigkeit seine Schwäche nicht verbergen konnte. Bei einer dieser Gelegenheiten fand D ihn, als er mit seiner Freundin zu seinem Apartment hochging, welche, sich der kleinen grauen Gestalt zuwendend, ihn fragte, wem er wohl gehöre. Aber es verwunderte sie nicht, als D ihr nicht zu antworten wußte, und sie nahm wie selbstverständlich die Vermutung hin, dass er wahrscheinlich niemandem gehöre, sondern nur eines Tages in das Gebäude gekommen und dort geblieben war. Diese Nacht blieben sie in dem Apartment bis spät in die Nacht, und wie viele andere Male auch wollte die Freundin, die immer sagte, dass es ihr gefiele, wenn D in dem Apartment bliebe, nachdem er mit ihr vereint gewesen war, nicht, dass er sie zu ihrem Haus begleitete. Bei ihrem nächsten Treffen erzählte sie, dass sie, als sie das letzte Mal ging, den Kater auf der Treppe getroffen hatte und dieser ihr bis in die Eingangshalle gefolgt war und erst kurz bevor sie aus dem Haus trat, stehen geblieben war, so als ob er einerseits wollte und gleichzeitig Angst hatte, auf die Straße zu treten, weswegen sie die Tür sehr vorsichtig schließen musste.

„Ich hatte Lust, ihn zu tragen und mitzunehmen, aber ich erinnerte mich, das du gesagt hattest, er habe das Gebäude ausgesucht", schloss die Freundin lächelnd.

D machte sich über ihre Tierliebe lustig und vergaß die kleine graue Gestalt wieder; aber am nächsten Sonntag, als er vom Einkaufen der Zeitung zurückkam, fand er den Kater, den er nicht wieder herauskommen gesehen hatte, sich um die Eisenstangen der Treppe schlängelnd. Er ging an ihm vorbei, ohne dass dieser sich wie gewöhnlich bewegte, um vor ihm die Stufen hinauf zu gehen und D, erstaunt, drehte sich um, nahm ihn hoch und trat mit ihm in das Apartment. Seine Freundin wartete wie immer im Bett und D, der sie wach zurückgelassen hatte, versuchte, kein Geräusch zu machen, als er die Tür schloss, um sie zu überraschen. Er trug den Kater immer noch in seinen Armen, und dieser hatte sich bequem zusammengerollt in seinem Schoß, die Augen halb geschlossen. D konnte seinen kleinen warmen und zerbrechlichen Körper neben dem seinen schlagen spüren. Als er in das Schlafzimmer trat, sah er, dass seine Freundin wieder eingeschlafen war, vollständig ausgestreckt auf dem Bett, die Beine zusammen und einen Arm über die Augen gelegt, um sich vor dem Licht zu schützen, welches frei durch die Fenster hereinströmte. An ihrem Körper war kein Zeichen des Wartens zu sehen. Er war einfach da, auf dem Bett, schön und offen, wie eine schlanke und gleichgültige Figur, die kein Geheimnis für sich behielt, und trotzdem in keinem Moment das leise Spiel ihrer Glieder und das Gewicht des Körpers verkannte, welches eine eigene Wirklichkeit bildete, und fähig war zu erreichen, dass man sie begehrte und sie sich selber begehrte mit einer zweifachen Bewegung, die ihren Ursprung verkennt. D trat zu ihr mit dem aufgenommenen grauen, unbeweglichen Körper in seinem Schoß, und nachdem er sie einen Moment betrachtet hatte, mit derselben seltsamen Erregung, mit der er sie manchmal bekleidet zwischen anderen Menschen sah, ließ er sehr vorsichtig den Kater auf den Körper herab, ganz nahe an den Brüsten, wo die kleine graue Gestalt wie ein kaum lebendiger Gegenstand aussah, zerbrechlich und erschrocken, unfähig, sich zu bewegen. Sobald sie das Gewicht des Tieres spürte, nahm seine Freundin den Arm vom Gesicht und öffnete die Augen mit einer Geste der Wiedererkennung, so als wenn sie sich vorstellen würde, dass das, was sie berührt hatte, die Hand von D war. Erst als sie ihn aufrecht am Bett stehen sah, senkte sie den Blick und erkannte den Kater. Dieser stand reglos auf ihrem Körper, aber als sie ihn sah, machte sie eine Bewegung, erstaunt, und die kleine graue Gestalt rollte sich auf die Seite, auf das Bett, wo sie wieder unbeweglich verharrte, unfähig sich zu bewegen. D lachte über ihr Erstaunen, und die Freundin lachte mit ihm.

„Wo hast Du ihn gefunden?" fragte sie anschließend, den

Kopf hebend, ohne den Körper zu bewegen, um den kleinen unbeweglichen Kater neben sich zu sehen.

„Auf der Treppe", sagte D.

„Armer Kleiner!" sagte sie.

Sie nahm den Kater und setzte ihn wieder auf ihren nackten Körper, nahe an ihre Brüste, an dieselbe Stelle, wo D ihn vorher abgesetzt hatte. Er setzte sich an das Bett und beide sahen den Kater auf ihrem Körper an. Nach einiger Zeit zog die schüchterne graue Gestalt ihre Pfoten unter ihrem Körper hervor, streckte sich erst auf ihrer Haut, um dann einen vorsichtigen, unsicheren Versuch zu machen, sich auf dem Körper zu bewegen, um sofort wieder reglos stehen zu bleiben, als wenn sie es nicht riskieren wollte, diesen zu verlassen. Die gelben Augen verwandelten sich in zwei gerade Linien und schlossen sich anschließend vollständig, und D und seine Freundin lachten wieder belustigt, als wenn das Verhalten des Katers unerwartet und überraschend wäre. Danach fing sie an seinen Rücken zu streicheln, mit einer vorsichtigen, gleichmäßigen Bewegung, und schließlich nahm sie den kleinen grauen Körper mit beiden Händen und hob ihn auf, hielt ihn vor ihrem Gesicht und wiederholte immer wieder: „armer Kleiner, armer Kleiner, armer Kleiner", während sie ihn langsam von einer auf die andere Seite bewegte. Der Kater öffnete einen Moment seine Augen und schloss sie sofort wieder. Mit den Pfoten nach unten hängend, frei von den Händen, die ihn um den Körper herum hielten, sah er viel größer aus und verlor etwas von seiner Zerbrechlichkeit. Seine hinteren Pfoten fingen an sich zu strecken, so als ob sie sich auf dem Körper der Freundin von D abstützen wollten, und diese hörte auf, ihn hin und her zu bewegen und ließ ihn langsam herunter, ihn vorsichtig auf ihren Brüsten ablegend, wo eine der ausgestreckten Pfoten geradewegs ihre Brustwarze berührte. Neben sich sah D, wie die Brustwarze hart wurde und sich hervorhob, so wie immer dann, wenn er sie berührte, wenn sie sich liebten. Er streckte seinen Arm, um sie auch zu berühren, und neben ihrer Brust fand seine Hand den Körper des Katers. Seine Freundin blickte kurz zu ihm auf, aber ihre Blicke verloren sich sofort wieder. Anschließend legte sie den Kater beiseite und sprang mit einem Satz aus dem Bett.

Den Rest des Morgens lasen sie die Zeitungen und hörten Schallplatten, wie immer belanglose Bemerkungen austauschend, aber zwischen beiden bestand eine geheime Spannung, nur ab und zu wahrnehmbar und verschwiegen ohne die Notwendigkeit einer Absprache, anders als die sonstige an den anderen Sonntagen vorher. Der Kater war im Bett geblieben, und als sie sich träge wieder auf den Laken ausstreckte, ohne sich zuzudecken, wie sie es jeden Sonntag tat, damit die Sonne ihren Körper zusammen mit der Brise, die durch das offene Fenster kam, berühre, und der Blick von D sich dem der Möbel anzuschließen schien, streichelte sie ab und zu die kleine Gestalt oder legte sie auf ihren Körper, um zu sehen, wie der Kater, der endlich schien, als habe er seine Fähigkeit, sich selbständig zu bewegen, zurück erlangt, auf ihr lief, seine zarten Pfoten auf ihren Bauch oder ihre Brust stellend, oder von einer auf die andere Seite über ihre langen Beine stieg, die auf dem Bett ausgestreckt waren. Als D und seine Freundin ins Bad gingen, blieb der Kater noch im Bett, schläfrig zwischen den zerwühlten Decken, die sie mit ihren Füßen zur Seite geschoben hatte; als sie aber herauskamen, fanden sie ihn im Wohnzimmer stehend, als ob er ihre Gegenwart vermisst hätte und sie suchen würde.

„Was machen wir mit ihm?", sagte die Freundin, immer noch in ein Handtuch gewickelt, ihr braunes Haar zur Seite gelegt, um den Kater mit einer Mischung aus Zuneigung und Zweifel anzuschauen, als ob sie daran zweifelte, dass er seit des ersten harmlosen Scherzes die ganze Zeit bei ihnen gewesen war.

„Nichts", sagte D mit dem gleichen beiläufigen Ton. „Wieder im Flur lassen."

Und obwohl der Kater ihnen folgte, als sie wieder in das Zimmer traten, um sich anzukleiden, als D hinausging, nahm er ihn auf den Arm und ließ ihn nachlässig auf der Treppe, wo er blieb, unbeweglich, klein und grau, beide beobachtend, wie sie hinunter gingen.

Trotz allem, seit diesem Tag, immer wenn sie ihn sahen, leise, klein und grau, im gelben Halbschatten, gefleckt mit den schattigen Löchern des Flures, der Eingangshalle oder der Treppe, nahm die Freundin ihn auf den Arm und sie traten mit ihm in das Apartment. Sie ließ ihn auf dem Boden, während sie sich entkleidete, und danach blieb der Kater im Schlafzimmer oder lief unbeteiligt durch das Wohnzimmer, das Esszimmer oder die Küche, um später auf das Bett zu klettern und sich auf ihren Körper zu legen, so als wenn er sich von Anfang an daran gewöhnt hätte, dort zu liegen. D und sein Freundin sahen ihn lachend an, sich an seiner Art, es sich bequem zu machen, freuend. Ab und zu streichelte sie ihn und er schloss die Augen, bis sie eine dünne gelbe Linie waren, aber die meiste Zeit ließ sie ihn einfach da, den Kopf zwischen ihren Brüsten versteckt oder seine Pfoten langsam auf ihrem Bauch ausstreckend, als wäre ihr seine Gegenwart nicht bewusst, bis sie sich umdrehte, um D zu umarmen und der Kater sich zwischen sie schob und sie ihn mit der Hand beiseite nahm, ihn an ein Ende des Bettes legend. Wenn D seine Freundin in dem Apartment erwartete, kam sie immer mit dem Kater auf dem Arm herein, und eines Abends, als sie verkündete, dass sie ihn an keiner der sonst üblichen Stellen gefunden hatte, tauchte die kleine graue Gestalt plötzlich durch die Tür im Schrank des Zimmers auf. Dennoch, eines Tages, als sie ihm zu fressen geben wollte, weigerte sich der Kater einen Bissen zu probieren, obwohl sie sogar versuchte, ihn auf den Arm zu nehmen und den Teller an sein Maul zu halten. Vom Bett aus fühlte D ein stilles Drängen, sie zu berühren, als er sie die längliche Gestalt des Katers gegen ihren Körper halten sah, und rief sie an seine Seite. Seitdem hatte sich die kleine graue Gestalt jeden Sonntag unentbehrlich neben ihrem Körper gemacht, und der Blick von D nahm aufmerksam die Stelle wahr, wo er sich befand, um gleichzeitig die Wirkung seiner Gegenwart auf sie zu suchen. Sie hingegen hatte den Kater auch als etwas hingenommen, was ihnen gehörte ohne irgend jemandem zu gehören, und sie verglich die Reaktion ihm gegenüber mit denen, die der Kontakt der Hände von D bei ihr auslösten. Sie streichelte ihn nicht mehr, sondern wartete auf seine Zärtlichkeiten, und wenn sie döste, nackt und mit ihm an ihrer Seite, sobald sie die Augen nach einem kurzen Schlaf öffnete, fühlte sie auch, wie etwas Körperliches, sie ganz Abdeckendes, den festen Blick der halb geschlossenen gelben Augen auf ihrem Körper, und dann musste sie D nochmals neben sich spüren.

Einige Zeit später musste D im Bett bleiben, befallen von einem unerwarteten Fieber, und sie beschloss, ihre Dinge so zu regeln, dass sie in dem Apartment bleiben konnte, um ihn zu versorgen. Benommen durch das Fieber, getaucht in eine Art andauernden Halbschlaf, in welchem das dunkle Bewusstsein seines wunden Körpers ärgerlich und erfreulich zugleich war, nahm D auf eine fast instinktive Weise die Bewegungen seiner Freundin in dem Apartment wahr. Er hörte ihre Schritte beim Herein- und Hinausgehen aus dem Schlafzimmer und meinte gesehen zu haben, wie sie sich über ihn beugte um festzustellen, ob er schlief, hörte sie die eine oder andere Tür öffnen, ohne genau die Stelle benennen zu können, an der sie sich befand, vernahm das Geräusch des laufenden Wassers in der Küche oder im Bad, und all diese Geräusche formten sich zu einem dichten und kontinuierlichen Schleier über ihm, so dass Tag und Nacht ohne Anfang und Ende sich wie eine einzige Masse aus Zeit zeigten, in welcher das einzig wirkliche ihre Gegenwart war, fern und nah zugleich. Durch diesen Schleier schien er zu bemerken, bis zu welchem Punkt sie vereint und getrennt waren, wie sie sich mit jeder ihrer einzelnen Taten vor ihm zeigte, nebenbei und geheim, und daher mehr noch seine Trennung war, bei der sie nichts von ihm wusste, wie wenn jede einzelne ihrer Handlungen sich am Ende eines gespannten und schwingenden Seiles befanden, das er am anderen Ende hielt und in dessen Mitte sich nichts als eine Leere befand, die unmöglich zu füllen war. Aber als D endlich die Augen zwischen zwei der unzähligen Träume öffnete, konnte er auch den Kater sehen, der jeder Bewegung seiner Freundin folgte, ohne ihr zu nahe zu kommen, immer einige Schritte hinter ihr, so als wolle er unbemerkt bleiben, aber gleichzeitig sie nicht alleine lassen konnte. Und dann war es der Kater, die Anwesenheit des Katers, die diese Leere füllte, welche sich unvermeidbar zwischen ihnen aufzutun schien. Irgendwie verband er sie schließlich. D schlief wieder ein mit einem vagen, fernen Gefühl der Erwartung, dass dies nicht mehr als ein Teil des gleichen Fiebers war, in dessen Raum immer und immer wieder, entfernt und unerreichbar manchmal, direkt und genau skizziert bei anderen Gelegenheiten, unveränderliche Bilder des Körpers seiner Freundin auftauchten. Später rutschte derselbe Körper, konkret und greifbar, an seine Seite im Bett und D empfing ihn, ihn fühlend, sich in ihm verlierend, jenseits allen Fiebers. Zur gleichen Zeit warnten ihn die gleichen Gefühle, wie er immer vor ihm stand, unerreichbar auch in der engsten Nähe und deshalb um so begehrlicher. Auf die gleiche

Weise, wie sie seinen Körper suchte, ließ sie ihn wieder allein im Bett und nahm ihr dunkles Treiben in dem Apartment wieder auf, die Vereinigung hinauszögernd durch die unterbrochene Wahrnehmung beider, die das Fieber D bereitete.

Während dieser langen Augenblicke der konkreten Annäherung verschwand der Kater aus dem Bewusstsein von D. Trotzdem bemerkte er einmal, dass er auch mit ihnen im Bett war. Seine Hände waren über die kleine graue Gestalt gestolpert, als sie über den Körper seiner Freundin strichen und sie sofort eine Bewegung gemacht hatte, um diese Vereinigung noch vollkommener zu machen, was aber nicht bis zum Ende durchzuführen war, und D vergaß, dass eine seltsame Anwesenheit sich neben ihr befand. Es war nur ein kleiner Blitz inmitten seines dunklen Sumpfes aus Fieber. Einige Tage später verschwand es so unerwartet, wie es aufgetreten war. D ging wieder auf die Straße und war wieder mit seiner Freundin unter Menschen. Nichts schien sich geändert zu haben. Ihr bekleideter Körper vergrub das gleiche Geheimnis, welches D plötzlich vor allen lüften wollte; aber als der Moment näher kam, wo sie normalerweise in das Apartment zurückkehren sollten, fing sie an, unfreiwillig und ohne dass es auch nur so schien, als würde sie es bewusst wahrnehmen, ein klares Unbehagen zu zeigen und versuchte, die Ankunft hinauszuzögern, so als wenn in dem Apartment eine Bestätigung, der sie sich nicht stellen wollte, wartete. Als sie schließlich, nach mehreren für D unerklärlichen Verzögerungen, in das Gebäude eintraten, war der Kater nicht in der Eingangshalle, nicht in dem Flur, nicht auf der Treppe, und während sie diese hinaufgingen, konnte D bemerken, wie seine Freundin ihn besorgt mit ihrem Blick suchte. Später, in dem Apartment, entdeckte D an ihrem Körper einen langen und rötlichen Kratzer auf dem Rücken. Sie waren im Bett, und als D ihr den Kratzer zeigte, versuchte sie ihn zu sehen, wehmütig, sich dehnend, so als wenn sie ihn außerhalb ihres Körpers spüren wollte. Anschließend bat sie D, mit seinen Fingerspitzen immer und immer wieder über den Kratzer zu fahren, während sie unbeweglich blieb, angespannt und in Erwartung, bis etwas in ihrem Inneren zu zerbrechen schien, und atemlos bat sie D, sie zu nehmen.

Der Kater tauchte auch die nächsten Tage nicht auf und weder D noch seine Freundin sprachen wieder von ihm. In Wirklichkeit glaubten beide, ihn vergessen zu haben. So wie vorher, bevor zwischen ihnen die zerbrechliche und kleine graue Gestalt aufgetaucht war, war ihnen ihre Beziehung mehr als genug. Am Morgen des Sonntags, wie immer, blieb sie noch lange Zeit im Bett, offen und nackt, ihren Körper gleichgültig zeigend, während D sich mit den kleinen Verrichtungen des Alltags ablenkte; aber jetzt war es für sie unmöglich zu dösen. Versteckt hinter ihrer Trägheit und fern ihres eigentlichen Willens, erschien zunehmend eine klare Haltung des Wartens, welche sie zu ignorieren versuchte, die sie aber dazu zwang, immer wieder die Lage zu wechseln, ohne Erholung zu finden. Schließlich, als er von der Straße mit den Zeitungen zurückkam, fand D sie auf ihn wartend, ihren Körper vom Bett erhoben, sich auf einen Ellenbogen stützend. Ihr Blick wanderte suchend, ohne etwas zu verschweigen, zu den Händen von D, ohne bei den Zeitschriften anzuhalten, und als sie die erwartete graue Gestalt nicht fand, ließ sie sich rücklings auf das Bett fallen, den Kopf fast hinten aus dem Bett hängend und die Augen geschlossen. D trat näher und fing an, sie zu streicheln.

„Ich brauche ihn. Wo ist er? Wir müssen ihn finden", flüsterte sie, ohne die Augen zu öffnen, die Streicheleinheiten von D annehmend und eine Wirkung darauf zeigend, die stärker war als sonst, als wären sie vereint in ihrer Not und könnten das Auftauchen des Katers hervorrufen.

Dann hörten beide das lange klagende Katzengejammer an der Tür mit einem plötzlichen und begeisterten Gefühl des Glücks.

„Wer weiß", sagte D unmerklich, wie zu sich selbst, so als wären alle Worte unnütz, während er aufstand, um zu öffnen, „vielleicht ist es nichts weiter als ein Teil von uns."

Aber sie war nicht fähig ihn zu hören, ihr Körper erwartete nur die kleine graue Anwesenheit, angespannt und offen.

NYMPHETTE

Santiago hatte Nabokov nicht gelesen, wusste aber, was eine „Lolita" war. So wie man, auch wenn man Cervantes nur dem Namen nach kennt, über jemanden sagt: „Der ist ein Don Quijote", oder man von einem innigen Liebespaar behauptet, dass sie wie „Romeo und Julia" sind, ein Hinweis nicht geboren aus einer Kenntnis über Shakespeare, sondern aus der Wiedererkennung der klassischen Art junger Verliebter. Das nennt man einen Mythos erschaffen. Daran ist nichts Ungewöhnliches, im Gegenteil: es ist ein Verdienst, auch wenn weder Lolita, noch Don Quijote, noch Romeo und Julia normal sind. Unterschiede und gleichermaßen Gemeinsamkeiten zwischen der Wirklichkeit und der Literatur.

Santiago nahm immer an, eine normale Geschlechtlichkeit zu haben. Gleichzeitig hatte er keine Vorurteile: Wenn jemand ihm gegenüber zum Beispiel über Homosexualität sprach und ihn nach seiner Meinung über derartige Aktivitäten fragte, hatte er keine Einwände. Er war auch nicht religiös; diese Dinge sind häufig in unserer Zeit. Aus dem gleichen Motiv war er auch geschieden. Er hatte einen Sohn, und seine Frau, genauer noch sollten wir seine Ex-Frau sagen, war wieder verheiratet und hatte nun noch drei Kinder mehr. Das hinderte Santiago nicht daran, ein gutes Verhältnis zu dem neuen Partner zu haben und wöchentlich seinen Sohn zu besuchen. Am Anfang nahm er ihn mit in den Zoo oder auf die Kirmes. Santiago gefielen vor allem die katzenartigen oder auch die sehr großen Tiere: Nashörner, Flusspferde und Elefanten, und dort hatte er viel Spaß. Auf der Kirmes bestieg er einige der Fahrgeräte aus Pflichtgefühl oder betrachtete seinen Sohn aus der Nähe. Beide genossen die Achterbahn und beide hatten Angst, eine spannende Angst wegen ihrer Intensität, jedes mal etwas intensiver. Als er etwas älter war, bat sein Sohn Santiago, mit ihm zeitgenössische Filme mit außerirdischen Monstern und 'Krieg der Sterne' anzuschauen. Die szenische Erfindung einiger dieser Monster verwunderte auch ihn, auch wenn er, als eingeweihter Erwachsener, deren endgültige Zerstörung von Seiten des Helden des Filmes erwartete.

Santiago war Anwalt ohne jegliches Bestreben auf ein politisches Amt, vielmehr mit einer ehrlichen Abscheu für die Politik seit der Universität. Er besaß eine Kanzlei mit zwei Teilhabern, und es erging ihnen nicht schlecht. Auch hatte er, und seine Normalität hatten wir bereits erwähnt, eine Geliebte. Sie war geschieden und hatte eine Tochter und einen Sohn, war Anthropologin und lehrte am Colegio de México. Sie hieß Carola, der Sohn Manuel wie sein Vater. Die Tochter Enedina; dieser einzigartige Name war von Carola in San Cristóbal de las Casas aufgeschnappt worden, als sie aus beruflichen Gründen mit ihrem damaligen Freund ausgedehnte Reisen durch die ganze Republik unternahm, dem sie sofort verkündete, dass, wenn sie mal heiraten sollten, ihre erste Tochter Enedina heißen würde. Wie man sieht, passierte dies auch, und Carola führte ihr altes Vorhaben aus. Sie ließen sich scheiden, übten aber weiter ihren Beruf aus, allerdings an verschiedenen Orten, da auch Carola die Politik verabscheute und das National-institut für Anthropologie nicht aushielt. Aber Manuel war auch ein Geschiedener mit einer modernen Gesinnung: er hatte mit allen zukünftigen Liebhabern von Carola Umgang und Santiago, der letzte von ihnen, war da keine Ausnahme.

Als er der Liebhaber von Carola wurde, war Enedina

neun Jahre alt und Manuel sieben. Im gegenseitigen Einvernehmen entschieden Carola und Santiago, dass ihre jeweiligen Kinder wenig Umgang miteinander haben sollten, „um unnötige Eifersüchteleien zu verhindern". Beide Kinder von Carola verstanden sich von Anfang an sehr gut mit Santiago. Das war verständlich: Santiago kam oft ins Haus von Carola und Carola nie ins alte Haus von Santiago. Für sich selber bewahrte er sich die Erkenntnis, die Kinder von Carola nicht so sehr zu mögen wie seinen eigenen Sohn, auch wenn er sie viel öfter sah. Weder Carola noch Santiago planten jemals zu heiraten. So war alles in bester Ordnung. Sie ging alleine zu dem Apartment von Santiago, wohingegen Santiago regelmäßig in dem von Carola zum Essen kam. Enedina hatte eine große Zuneigung zu Santiago. Oftmals, nachdem sie auf seinem Schoß gesessen hatte und er sie liebevoll auf die Wange geküsst hatte, versicherte Enedina Carola, hochentzückt, wenn sie mit ihr alleine war:

„Santiago liebt mich mehr als Dich."

Manuel kam viel weniger ins Haus, schließlich hatte er zwei Kinder mit seiner neuen Frau, und Carola erschien die Meinung Enedinas zweckmäßig, weshalb sie diese niemals mit ihrer Tochter diskutierte, ohne zu merken, dass dies für Enedina – welche dies auch nicht bemerkte, weil Kinder unberechenbar für Erwachsene sind und alles den Erwachsenen nachahmen – der Anfang war für Rivalitäten mit ihrer Mutter. Später, sobald Enedina und Manuel im Bett waren, ging Carola mit Santiago in irgendein Restaurant, ins Theater, zu Konzerten, ins Kino und schließlich in das Apartment von Santiago, wo sie sehr zufriedenstellend mit ihm schlief, aber auf eine andere Art als Carola dachte, dass Enedina annahm, wie sie die Liebe ihres Liebhabers erweckte.

Enedina und ihr Bruder gingen auf dieselbe Schule.

Carola setzte sie dort morgens ab und kam sie später wieder abholen. Sie waren nicht verpflichtet eine Uniform zu tragen. Enedina war ein Mädchen mit schwarzem Haar und schwarzen Augen, hell statt dunkelhäutig wie die Indigene aus Chiapas, welcher sie ihren Namen verdankte, ihre Lippen waren eine Wiederholung derer von Carola und zeigten sehr früh eine Sinnlichkeit, von der sie anscheinend weit entfernt war, hatte eine kleine Nase und man konnte annehmen, dass sie nicht so groß werden würde wie ihre Mutter, wenn man sich ihren Knochenbau ansah. Sie sah so mädchenhaft und naiv aus, wenn sie auf Santiagos Schoß saß und seine väterlichen Küsschen bekam! Carola konnte nicht aufhören, beide, mit Zuneigung für Enedina und Bewunderung für Santiago, zu beobachten, eine Bewunderung, in welcher sein Verhalten in seinem Apartment nicht ausgeschlossen war, immer in seinem Apartment, niemals oder zumindest selten im Haus von Carola.

Enedina war zwölf Jahre alt, als eine Krankheit sie zwang, im Bett zu bleiben, und Santiago fast täglich in ihr Zimmer kam, um sie zu besuchen. Im Bett trug Enedina ein Nachthemd. Die Nachthemden waren lang, fast durchsichtig. Enedina lag auf den Decken, damit Santiago sie in ihnen sehen konnte. Sie war auf sich selber stolz, vor allem wegen ihrer Krankheit und ihrer Unbekümmertheit dieser gegenüber, aber auch wegen ihres Aussehens. Wie war Enedina doch gewachsen! Ihre nackten Füße waren verführerisch, wie auch der von dem Nachthemd gezeigte Nacken und die Schultern. Sie hatte bereits Brüste, klein aber sehr attraktiv. Ihre Lippen, die kleine Nase und die schwarzen Augen, schwarz wie ihr Haar. Santiago, der seine Bewunderung für etwas Natürliches hielt, hatte, ohne es zu merken, angefangen, die Qualität der „Lolita", eingeschlossen in Enedina, zu bemerken. Trotzdem dachte er nicht daran. Seine Bewunderung war unschuldig, wie auch seine Küsschen auf ihre Wangen. Nichts ist so gefährlich wie die Unschuld! War Enedina unschuldig, wenn sie sich Santiago auf so eine aufreizende Art und Weise zeigte? Am Anfang stellte er sich nicht einmal diese Fragen. Später wurde seine Bewunderung für die Schönheit Enedinas immer offensichtlicher, aber Santiago war sich nur der Notwendigkeit bewusst, diese Bewunderung sowohl vor Enedina als auch vor Carola zu verbergen. Deshalb musste er sie auch wie immer auf die Wange küssen und sie in ihrem Zimmer besuchen, wie er es getan hatte, seitdem sie krank gewesen war und auch schon vorher, als Enedina, daran erinnerte sich Santiago noch genau, im Schlafanzug schlief. Zu dieser Zeit fing sie an, Santiago von ihren Verehrern in der Schule zu erzählen, natürlich nur, wenn Carola nicht anwesend war. Ihre Füße, das Nachthemd, welches immer mehr ihrer Beine zeigte oder von ihren Schultern rutschte! Alles war so natürlich; wer nicht natürlich war, war Santiago. Ihre Sinnlichkeit, so natürlich bis dahin, wurde durch sie belohnt! Enedina war die indirekt Herausfordernde, und Carola erhielt die direkten Befriedigungen. Die Beziehung zu Santiago war auch nach drei Jahren so fest und tief, wie sie von Anfang an gewesen war. Carola, so fordernd, gewöhnt an den ständigen Wechsel ihrer Liebhaber seit ihrer Scheidung, konnte sich nicht beschweren. Santiago stellte sich nicht nur als ein perfekter Liebhaber heraus, es kam sogar der Zeitpunkt, wo sie sich traute zu erwägen, dass sie in ihn verliebt war und nicht zögerte, ihm dies zu gestehen, um die erwartete Antwort zu erhalten: „Ich auch in Dich." Santiago könnte ein sehr guter Vater für ihre Kinder sein, so verlassen von Manuel.

Carola war eine gute Mutter, die sich der erforderlichen Zuneigung der Kinder bewusst war; eine gute Lehrerin; eine gute Liebhaberin. Sie konnte zufrieden sein. Ihr Vater starb, als Carola ein kleines Mädchen war. Ihre Mutter konnte Enedina nur kurzzeitig verwöhnen, bevor sie starb. Ihre zwei Brüder sah sie so gut wie nie, nicht einmal bei den Festen, wo sich nach alter Tradition die Familien zusammenfinden. Sie kam mit ihren Frauen nicht aus, welche das Verhalten von Carola „skandalös" fanden, ohne dass ihre Brüder sie verteidigten. Ihre Neffen waren ihr fremd. Somit lässt sich behaupten, dass Carola eine moderne, freie und unabhängige Frau war. Ihre wahren Freunde hatte sie bei der Arbeit, und abgesehen von den beruflich bedingten Unstimmigkeiten hielten sie Santiago für „gut", wie auch die Partner von Santiago und auch deren Frauen Carola für „gut" befanden. All dies sollte die Beziehung zwischen Carola und Santiago vereinfachen. Unter diesen Umständen war die sich selbst gegenüber immer offenere und Carola gegenüber immer stärker verborgene Leidenschaft für Enedina das Motiv einer immer größeren Schwierigkeit für Santiago.

Wir sollten uns erinnern: Enedina, die Schule von Enedina, lehnte das Tragen einer Uniform ab. „Dies ist keine Militärschule. Jedes Kind ist anders, und so werden sie auch behandelt, es ist nicht ungewöhnlich, wenn sie auf ihre Weise gekleidet kommen." Dies war kein Problem bezogen auf Manuel. Santiago konnte noch nicht einmal sagen, wie er sich kleidete. Es war eines bei Enedina: Santiago fing an, sie auf eine bestimmte Art und Weise zu beobachten und jeden Tag abzuwarten, um zu sehen, wie sie sich kleidete. Es waren Röcke, Blusen, Pullover, normale Kleider, aber für Santiago besondere Enthüllungen ihrer Schönheit und ihres Liebreizes.

Der Name Enedina war nun nicht mehr ein Produkt der Verrücktheit von Carola, sondern bezaubernd und sehr originell, dachte Santiago! Enedina, auf dem Schoß des Freundes ihrer Mutter sitzend, die schuldigen und erwachsenen Hände Santiagos vorsichtig um ihre Hüfte geschlungen in dem Versuch, die Haut unter der Bluse, dem Pullover oder dem Kleid zu spüren, die seidige Wange für den Kontakt der Lippen dargeboten in dem Bewusstsein der Nähe der anderen Lippen! Enedina, die jählings auf ihre Füße sprang, mit einer bezaubernden Geste, welche aber Santiago das fehlende Gewicht auf seinen Beinen spüren ließ und den glücklichen Moment vorher besonders intensivierte, als er sie noch bei sich hatte, sie küssen konnte, ihren Geruch wahrnehmen und sogar die Berührung mit ihrem Haar verspürte. Jetzt, da Santiago sich immer bewusster über Enedina wurde, bemerkte er auch ihren launischen und unbeständigen Charakter, vor allem in Bezug auf das Essen, da Santiago die Samstage sowie die Sonntage im Haus von Carola verbrachte. Carola erwartete nie eine Einmischung Santiagos an dieser Stelle. Im Gegenteil, sobald Schwierigkeiten auftraten zögerte sie nicht, ihn bei den Hausaufgaben von Enedina um Hilfe zu bitten. Er willigte ein, hocherfreut. Am Tisch im Esszimmer zog Enedina ihre Bücher und Hefte heraus. Santiago bewunderte die Art, wie sie ihre Zunge herausstreckte, wenn sie sich beim Schreiben konzentrierte, und dann konnte er aufstehen, um Enedina anzuschauen, sich hinter sie stellen und seinen Kopf vorbeugen, bis dieser auf einer ihrer Schultern ruhte, oder ihr Haar riechen und sie dort küssen. Oftmals, wenn sie auf dem Schoß von Santiago saß, hob Enedina ihre Arme, um mit ihren Händen für einen nicht enden wollenden Moment Santiagos Nacken zu umschlingen. War Enedina schuldig, merkte sie etwas? Die Unsicherheit von Santiago machte auf der einen Seite alles viel attraktiver und ließ ihn auf der anderen Seite immer kühner werden. Einmal, als er seine Hände um die Hüften von Enedina gelegt hatte, steckte er eine von ihnen unter ihren Pullover. Die Haut von Enedina! Sie stieß einen kleinen Schrei aus und löste sich ungestümer als je zuvor von Santiago. Der Schrei und die Trennung konnten sowohl aus Lust als auch aus Ablehnung sein. Santiago sah zu seinem Schrecken Carola ganz in der Nähe. Aber er beruhigte sich sofort wieder. Carola achtete nicht einmal darauf. Viel schwieriger war es, seine Erektionen zu verbergen, wenn, nachdem er ihr sehr nahe war, dank ihrer starken Umarmung, das Gesäß von Enedina auf seinem Glied blieb, während Santiago sie auf die Wange küsste. Er konnte auch nicht sagen, ob Enedina dies bemerkte; auf jeden Fall verbarg sie es bis zur Perfektion, was eine weitere ihrer zweideutigen Attraktivitäten war. Im Gegensatz dazu war für Carola alles so normal, dass sie sich niemals mit der peinlichen Situation von Santiago aufhielt. Der Druck der großen Hände von Santiago auf den Hüften und des kleinen Gesäßes von Enedina auf seinem Glied war zunehmend beständiger, aber das Wissen von Enedina blieb so geheim, wie die Unwissenheit Carolas erkennbar war.

So, mit Santiago, der jedes mal mehr die gelegentliche Nähe Enedinas genoss, und der ständigen Anziehungskraft ihrer Gegenwart; mit der vielleicht verstellten Mittäterschaft von ihr, vielleicht aber auch unschuldigen Unwissenheit; mit der unverantwortlichen Mittäterschaft oder dem ungebührlichen Vertrauen Carolas, kam eine Zeit der Ferien. Die genaue Kenntnis von Carola als Anthropologin über die Republik ließ sie den idealen Ort aussuchen, um einige Tage am Strand zu verbringen. Sie entschied sich für einen fast unbekannten Strand in Oaxaca, weiter noch als Puerto Escondido, wo der Sand feiner war als irgendwo sonst, das Meer noch blauer, wo es Fischer gab, nur ein kleines Hotel, was fast immer leer war und es keine ausländischen Touristen gab. „Eingereicht zur Werbung über die Schönheiten der Natur unseres unglücklichen Landes", erklärte Carola. Santiago stimmte dem Vorhaben zu. Er würde mit seinem Sohn später in den Urlaub an einen anderen Ort fahren und wäre bis dahin tatsächlich vierundzwanzig Stunden von sieben glücklichen Tagen bei Enedina. Allein in seinem Apartment stellte er sich diese Reise vor. Enedina im Badeanzug, Enedina leicht bekleidet, wie es das Klima dort forderte! Obendrein konnte er die Sinnlichkeit, ausgelöst durch seine Tagträume, an der Gegenwart Carolas in demselben Apartment anwenden. Das Glück des Paares war vollkommen. Welches Paar, welches waren die wahren Mitglieder desselben?

Die Reise, zunächst per Flugzeug bis Puerto Escondido und danach mit einem dort geliehenen Mietwagen, mit Santiago am Steuer, Carola vorne neben ihm und Enedina, die sich ständig nach vorne auf die Rückenlehne stützte, um jede Art von Fragen zu stellen, die für Carola einfach zu beantworten waren, während Santiago sie bis hin zu ihrem warmen Atem spürte und den Duft ihres Körpers einatmete, während Manuel durch das Fenster schaute, ohne zu sprechen, war erfolgreich. Natürlich teilten sich in dem kleinen Hotel Santiago und Manuel ein Zimmer; Carola und Enedina ein anderes. Enedina mit kurzen Hosen und einem kleinen Büstenhalter wie Carola, während sie sich im Hotel aufhielten. Beide im Bikini; Carola konnte sehr gut schwimmen und entfernte sich ohne Begleitung sehr weit vom Strand; Manuel ging auch alleine ins Wasser, ohne jemandem Bescheid zu sagen. Das alles bedeutete, dass Santiago in diesen Momenten alleine mit Enedina war. Sie, immer noch trocken, legte sich, statt auf die Matte aus Palmwedel, in den Sand, manchmal auf den Rücken, mit dem Kopf zwischen den Armen, und manchmal auf den Bauch, mit geschlossenen Augen, wodurch man ihre Achsel immer dann sehen konnte, wenn sie einen Arm über sie legte, und in dieser Haltung ließ sie sich sonnen. Ihre schlanke Figur war immer noch hell, als Santiago, der neben ihr saß, eine Handvoll des feinen Sandes nahm und diesen langsam, sehr langsam auf ihren Bauch streute. Es war wie eine Liebkosung: der Sand entsprach den Fingern Santiagos. Er sah, wie ihr rechter Arm sich hob, um die Augen zu verdecken, wie die Lippen sich leicht öffneten, sich leicht bewegend, und plötzlich stand Enedina auf ihren Füßen und streckte Santiago ihre feine Hand entgegen.

„Lass uns ins Wasser gehen, komm."

Wo waren Carola und Manuel in diesem Moment, wo die wenigen Zeugen an diesem abgelegenen Strand? Santiago hätte dies nicht beantworten können. Er hatte nur Augen für die schlanke Figur von Enedina in dem kurzen Badeanzug, die vor ihm stand und ihm ihre Hand entgegenstreckte. Er nahm sie, natürlich nahm er sie, und stand auf, die kleine und dünne Hand in der seinen. Sie rannten zusammen bis zum Meer. Enedina hob beide Arme empor und ließ dabei Santiago los, um einen Augenblick länger die Wellen zu meiden. Santiago lachte. Er lachte immer noch, als er sie einen Moment bei den Hüften nahm, bevor sich beide getrennt in dem transparenten Wasser verloren. Enedina tauchte etwas weiter vorne wieder auf. Ihr liebliches Gesicht mit den schwarzen Augen und dem schwarzen Haar, der kleinen Nase und dem sinnlichen Mund, der so viel und so klar auf den Kontakt mit dem Sand reagiert hatte, tauchte jetzt zwischen den Wogen auf. Als er sie sah, leicht vom Meer bewegt, konnte Santiago fast ihren halbnackten Körper spüren, zerbrechlich, attraktiv, zart, bedeckt durch das blaue Salzwasser, welches ihn in diesem Moment verdeckte, was ihn dadurch nur noch klarer werden ließ in der brennenden Einbildung Santiagos. Im nächsten Augenblick würde er neben dem Körper sein, den das Gesicht enthüllte, und seine Hände würden ihn berühren, ihn an sich ziehen, ohne irgend etwas zwischen ihnen beiden, geschützt durch das dunkle Wasser des

Meeres, welches eben noch so transparent gewesen war. Aber als er neben Enedina ankam, war Carola, riesig und erwachsen, schon dort.

„Ich bin auch hier. Hast Du mich nicht erwartet?" sagte sie, während das Meer, ohne irgend eine Unterscheidung, sie hin und her bewegte wie ihre Tochter.

Natürlich hatte Santiago sie nicht erwartet! Ihr plötzliches Erscheinen zerstörte all seine Pläne. Zum ersten Mal verspürte Santiago eine Art Hass gegenüber Carola. Trotzdem schwammen alle drei zusammen. Alle drei trockneten sich gemeinsam in der Sonne auf der Matte aus Palmwedeln. Carola, die riesige Carola, befand sich zwischen Enedina und Santiago! Jedoch öffnete Carola, die bezaubernde Carola, den oberen Teil ihres Bikinis, als sie ihm den Rücken zudrehte, und ihre Tochter tat es ihr nach. Man musste schon zugeben, dass der Rücken, die Hüften und die Beine von Carola hübsch waren. Aber was für ein Vergleich mit dem zarten Rücken, unter dessen Haut man fast das Rückgrat vermuten konnte, den schmalen Hüften und den kaum jugendlichen Beinen von Enedina! Die Sonne legte sich genauso auf die Mutter wie auf die Tochter, während Santiago, am Rande der Matte aus Palmwedel sitzend, Carola betrachtete und Enedina bewunderte. Beide hatten ihr Gesicht mit den Armen verdeckt in genau der gleichen Haltung. Die Kraft der Achtsamkeit! Sie war harmlos und intensiv in Bezug auf Enedina. Nicht einmal Manuel konnte die Hingabe Santiagos ihr gegenüber bemerken, als er sich neben ihn setzte. Konnte er etwas von einem Ansatz von Brüsten sehen, während Santiago sie betrachtete? Sie zeigten sich vollends, aber nur für einen Augenblick, als Enedina sich setzte und das Oberteil ihres Bikinis zuknöpfte. Was für Brüste, klein, auseinander liegend, mit eindeutigen Brustwarzen! Was für eine Figur Enedina doch in dem Badeanzug hatte, einem so kurzen

Badeanzug! Carola war stolz, vielleicht auch zu Recht, auf ihren ausgedehnten Bauchnabel; der von Enedina war tief und viel schöner.

Es gab Kokospalmen im Hintergrund, es gab einen zarten und gelben Sand, es gab ein Meer, dessen Wellen sich sacht am Strand brachen. Nichts von alledem wurde von Santiago gesehen. Und niemand konnte wissen, was er sah, auch wenn die Überlegenheit Enedinas über alle Dinge so offensichtlich war.

Sie blieben am Strand bis kurz vor Sonnenuntergang. Dort aßen sie, dort gingen sie viel ins Meer, aber Santiago nie alleine mit Enedina. Trotzdem berührten seine großen Hände unter der Wasseroberfläche bei zwei Gelegenheiten ihren Körper. Und Carola zögerte nicht, ihn auf den Mund zu küssen, auch in Gegenwart ihrer Kinder. Aber die Hand von Santiago war eingehakt in Enedinas Arm, als sie zum Hotel zurückkehrten. Das schwierigste war, Enedina nicht noch mehr zu berühren. Danach verschwand sie mit ihrer Mutter in ihrem Zimmer. Santiago duschte sich zusammen mit Manuel. Er ging hinunter in die Halle des Hotels, bekleidet mit fast weißen, kurzen Hosen, einem kurz-ärmeligen, schwarzweiß karierten Hemd und Sandalen. Plötzlich, als er in einem breiten Sessel aus Stroh saß und auf das Meer blickte, fühlte er zwei Hände, die ihm die Augen zuhielten und hörte die Stimme Enedinas:

„Wer bin ich? Wer bin ich?"

Diese kleinen Hände machten alles unsichtbar und um so sichtbarer die Besitzerin dieser Hände vor dem inneren Auge Santiagos. Aber so plötzlich, wie sie sich eben noch in dem unvergesslichen Moment über seine Augen gelegt hatten, entfernten sich die Hände wieder. Wieder dieses fade Meer, der rote und langsame Sonnenuntergang. Nichts im Vergleich zu dem Kontakt dieser Hände. Lüge: Besser als alles war die Erscheinung des Gesichts mit dem schwarzen

Haar, den schwarzen Augen, das immer noch explodierende Gelächter, während sie sich vor Santiago stellte. Enedina mit einem rosa Kleid aus Baumwolle, ohne Schuhe, mit einem Kleid, welches die ganzen Arme sehen ließ.

„Ich habe Dich überrascht, richtig?"

„Ja, sehr, sehr", konnte Santiago nur murmeln, sie anblickend.

Würde Enedina sich auf seine Beine setzen? Santiago sollte es niemals erfahren: Carola kam in diesem Moment und erstaunlicherweise war sie es, die sich auf seine Beine setzte. Hatte diese Frau kein Schamgefühl vor ihren Kindern? Und die Folter erstreckte sich über die ganze Nacht. Das Bein von Santiago suchte das von Enedina unter dem Tisch, während sie zu Abend aßen. Er bekam nie heraus, ob der für ihn so intensive Kontakt von Enedina ebenso empfunden wurde. Stattdessen musste er neben Carola die riesigen Austern in ihrer Schale loben, die Enedina mit einer Geste des Ekels von sich geschoben hatte. Manuel aß ohne Zustimmung oder Ablehnung alles, was man ihm vorsetzte. Enedina nahm auch nicht den Fisch. Carola musste voll Scham ein Stück Fleisch für sie bestellen, und sogar dieses schien viel zu groß für Enedina zu sein.

„Sag etwas, schimpf sie aus", bat die verschämte Carola Santiago.

Was konnte Santiago sagen? Sachlich lehnte er das Geziere von Enedina ab, aber in Bezug auf sie konnte er nicht sachlich sein. Davon war er überzeugt. Zum Glück war Carola, moderne Mutter und letztlich entgegenkommend, mit seinem Schweigen einverstanden. Santiago hingegen war nicht einverstanden, als Carola, nach einem Moment der Beschaulichkeit der Dunkelheit und des Rauschens des Meeres auf der Terrasse des Hotels, ihre Kinder ins Bett schickte. Während Santiago versuchte, das Bild Enedinas in ihrem rosa Kleid ohne Träger, barfuß und mit einer

Gebärde der Verachtung, als sie sich in Richtung Hotelzimmer wandte, auszulöschen, nahm Carola seine Hand und schlug vor, am menschenleeren Strand spazieren zu gehen. Santiago wußte, was dies bedeutete. Vielleicht half ihm in diesen Momenten seine Leidenschaft für Enedina, Tatsache aber ist, das er am Strand gegenüber der begeisterten Carola seine Pflicht erfüllte. Carola zog sich nicht wieder an. Sie gingen lange, endlos am verlassenen Strand entlang und hörten das Meer und das Rauschen der Brise in den Kokospalmen. Carola zog sich erst wieder an, als sie in das Hotel kamen. Sie küsste Santiago auf den Mund, bevor sie in das Zimmer trat, in dem Enedina bereits schlafen sollte.

Was waren die Träume von Santiago? Er war es nicht gewohnt, diese zu erinnern. Im Gegenteil, was er wusste, war, dass er sich stundenlang im Bett hin- und hergedreht hatte, ohne schlafen zu können. Er war ein moderner Mann ohne jegliche Schuld. Seine Leidenschaft für Enedina war als solche eine rechtmäßige Leidenschaft. Die Schwierigkeit war, sie während der folgenden Tage zu verbergen. Die Versuchung, die nackte Schulter Enedinas zu küssen, der Impuls, seine Hand über ihren Arm bis hinauf zur Achsel zu schieben, diese Lippen, sperrig, sinnlich und so unerreichbar für ihn. Enedina hatte noch nicht einmal ihre bezaubernden Hände erneut auf die Augen von Santiago gelegt. Stattdessen war da das Meer. Dort konnte er sein Verlangen mit einer schamlosen Heuchelei stillen. Diese Gelüste waren echt für ihn; nicht vorhanden für die erwachsene Unschuld von Carola; missachtet von der gleichgültigen Einfältigkeit von Manuel; immer zweideutig für die unendlich attraktive und grausam sinnliche Enedina.

Es reichte, neben Enedina zu schwimmen und plötzlich zu fragen: „Kannst Du schon stehen, kannst Du schon stehen?" Bei diesen Gelegenheiten konnte nichts natürlicher sein, als dass der Körper von Santiago an dem von Enedina klebte. Dann, beim Verlassen des Wassers, war es auch natürlich, dass die breite Hand von Santiago auf dem zarten Rücken von Enedina lag. Er zögerte nicht, sie im Sand einzugraben. Enedina lachte und die Hände Santiagos berührten unzählige Male ihren zerbrechlichen Körper, immer mehr gebräunt, unter dem heißen Sand.

„Sieh mal, schau Dir ihr Gesicht mit den verschlossenen Augen an. Es ist perfekt", sagte Santiago zu Carola, und diese stimmte der Beobachtung ihres Liebhabers zu.

Doch gegen den Willen von Santiago, der das Vergnügen, das ihn erwartete, nicht vorausahnen konnte, stand Enedina sofort auf.

„Es ist zu heiß unter dem Sand", sagte sie mit ihrer Stimme, deren Schattierungen so unerwartet waren.

Sie stand da mit ihrem kurzen Bikini und fing an, sich den anhaftenden Sand zu entfernen. Santiago beeilte sich, ihr zu helfen, und seine Hände überliefen fast den ganzen Körper, bevor Enedina sowohl die Hand von Santiago als auch die von Carola nahm und mit beiden Richtung Meer lief! Santiago konnte nochmals sehen, wie sie ihre Arme emporstreckte vor der Bedrohung der Wellen, bevor alle drei sich in dem Wasser verloren, jeder von dem anderen getrennt, mit Enedina sehr weit zurück, die aufgehört hatte zu schwimmen, geschlagen von dem erwachsenen Stil Carolas und Santiagos. Es war Carola, die im Meer, weit draußen, sich an den Körper von Santiago schmiegte, während sie sich das Wasser aus dem Gesicht wischte und, von den Wellen geschaukelt, sagte:

„Noch nie habe ich mit so einer Intensität die Gegenwart meiner Kinder gespürt."

Santiago auch nicht, nur, dass es keine Kinder, sondern nur eine Tochter war: Enedina, Enedina, Enedina...

Die schwerste Prüfung, und gleichzeitig die eindeutigste,

kam für Santiago mit einem der endlosen Sonnenuntergänge, als er in einem der Sessel aus Stroh auf der Terrasse des Hotels saß. Enedina tauchte zusammen mit Manuel neben ihm auf, mit einer kurzen grauen Hose und einem grauen Büstenhalter bekleidet.

„Wie schön, wie unschuldig, wie attraktiv!" Santiago konnte nicht aufhören, dies zu sagen, während er Enedina anschaute und ihre Hand hielt.

Schön, unschuldig, attraktiv, Enedina setzte sich auf Santiagos Beine. Er zog sie sofort an sich heran. Unter seiner kurzen Hose war seine Erektion riesig und konnte von Enedina nicht mehr ignoriert werden. Die riesigen Hände von Santiago ließen sich auf dem nackten Bauch von Enedina nieder, während er sie wieder und wieder auf die Wange küsste, trotz der Beunruhigung Enedinas, den ängstlichen Blicken von Manuel und der Dummheit Santiagos. Ohne dass er es verhindern konnte, fuhren seine Lippen hinunter auf den Nacken von Enedina, während seine Hände ihre Hüften immer fester umschlossen und das kleine Gesäß von Enedina sich gegen sein Glied drückte. Er war fast so weit zu ejakulieren, als Enedina mit einem Satz auf die Füße sprang, um ihre Mutter auf die Wange zu küssen. Diese war gerade aufgetaucht, ohne dass der verschwommene Blick von Santiago ihre Anwesenheit bemerkte. Als ihm die gesamte Situation bewusst wurde, war Santiago so erschrocken, dass er nicht einmal versuchte, während des Abendessens die Beine von Enedina unter dem Tisch zu suchen, sondern sich darauf beschränkte, im Verborgenen ihre Schönheit zu beobachten. Der Kellner brachte Enedina ihr gewohntes Stück Fleisch. Sie versuchte nicht einmal, es anzurühren. Dieses Mal konnte Carola ihre Vorwürfe nicht weiter verdrängen. Santiago blieb schweigsam während der Schelte.

Am nächsten Tag bekam er seine Belohnung. Manuel war

bereits hinunter gegangen und ließ Santiago noch schlafen. Als er erwachte, fand er sich nackt im Bett an Enedina denkend und ohne Antrieb, nicht einmal, um die Fenster zu öffnen. Dann hörte er das Schloss der Tür, welche sich öffnete, und Enedina trat ein. Sie war mit einer kurzen schwarzen Hose und einer Bluse bekleidet, gewebt aus grauer klarer Baumwolle, ohne Knöpfe und ohne Ärmel, mit einem runden Halsausschnitt.

„Meine Mutter schickt mich, Dich zu wecken", sagte sie.

Santiago sah sie an, ohne sich zu bewegen. Enedina tat ein paar Schritte und setzte sich an sein Bett. Keiner der beiden sprach mehr ein Wort. Ohne darüber nachzudenken, was er tat, ohne irgend etwas mitzubekommen, berührte die rechte Hand von Santiago den Beginn der nackten Schulter von Enedina. Sie bewegte sich nicht und sah auch Santiago nicht an, sie saß nur sehr nah bei ihm, auf demselben Bett. Die Hand von Santiago schlüpfte unter die Bluse und kam bis zu der kleinen Brust Enedinas. Es war ein erhoffter Kontakt und stellte sich als viel besser heraus als erwartet. Seine Hand an der Brust von Enedina, diese Brust liebkosend, betastend, bis sie zu der Brustwarze kam. Dort verweilte sie eine lange Zeit, eine endlose Zeit, und zog sich plötzlich von der Brustwarze und der Brust zurück, kam unter der Bluse hervor und blieb auf dem Laken liegen. Enedina bewegte sich nicht. Die Hand ging wieder unter die Bluse, ohne dass Enedina irgend etwas sagte oder sich bewegte; ihre harte Brustwarze sprach für sie. Die Hand von Santiago berührte auch die andere Brust. Nochmals eine endlose Zeit, während sie von einer zur anderen Brust wanderte und plötzlich wieder hervorkam und auf dem Laken liegen blieb. Enedina sah ihn immer noch nicht an. Dann sprang sie plötzlich mit einem Satz auf, ging zur Tür, und mit der Tür halb offen fing sie wieder an zu sprechen:

„Sie warten auf uns, sie warten auf Dich."

Die Tür war geschlossen und das Bild von Enedina verschwand wieder. Wie verlief der Tag? Genauso wie die anderen vorher auch, aber anders als die Tage vorher. Die Beobachtung war noch intensiver von Seiten Santiagos. Das Schweigen Enedinas noch zweideutiger. Trotzdem konnte Enedina die Hand Santiagos auf ihren Brüsten nicht ignorieren, sie konnte nicht ignorieren, was passiert war. Gleichwohl schien sie es zu ignorieren. Santiago musste einfach warten. Warten. Leichter gesagt als getan, mit Enedina immer so nah und so leicht bekleidet. Die Beobachtung war intensiv, reichte ihm, als jemandem, der an Lebhaftigkeit gewöhnt war wie Santiago aber nicht aus. Enedina bäuchlings auf der Matte aus Palmwedel, mit dem Oberteil des Bikinis aufgeknöpft und dem zerbrechlichen Rücken sichtbar, dem kleinen Höschen, unter welchem das kleine runde Gesäß versteckt war, die langen und gut geformten Beine eines Kindes, welches ins jugendliche Alter kam, die bezaubernden und zierlichen Füße ohne Alter, die Hände unter dem Kopf, das schwarze Haar. Manchmal drehte Enedina sich einen Moment auf die Seite, und vom Rand der Matte aus konnte Santiago ihre zarten geschlossenen Lider sehen, die langen Wimpern, die kleine Nase, den sinnlichen Mund, sinnlich wie alles an ihr. Dann lag Enedina wieder auf dem Rücken und Santiago verstreute Sand über ihren Körper. Sollten die Bewegungen von Enedina während dieser Handlung provozieren oder waren sie nur das natürliche Ergebnis des unerwarteten Kontaktes mit dem Sand? Waren sie an Santiago gerichtet? Auf jeden Fall bald, nachdem der Körper sich durch den Kontakt mit dem Sand bewegt hatte, vielleicht auch ihre Beine noch enger aneinander lagen, ach, sehr bald, rannte Enedina in Richtung Meer. Santiago folgte ihr. Carola war auch im Wasser. Sie war auch anwesend, immer anwesend, während sie von der Terrasse blickten und während sie zu Abend aßen, und Santiago hielt sich mit den Bewegungen seiner Beine zurück. Enedina zierte sich beim Essen und dann zogen sich „die Kinder" zum Schlafen zurück.

Als Carola in ihr Zimmer ging, nachdem sie Santiago auf den Mund geküsst hatte, so unersättlich wie eh und je, schlief Manuel schon und Santiago brauchte sehr lange, um dasselbe zu erreichen. Enedina, Enedina, Enedina... Ausgestreckt auf der Matte aus Palmwedel, fast nackt, ins Meer eintauchend, liebkost von dem Wasser statt von den gierigen Händen Santiagos, auf dem breiten Sessel aus Stroh sitzend, ohne dass Santiago sich traute, sie auf die Wange zu küssen, oder mit einer bezaubernden Geste die Speisen ablehnend. Und der nächste Tag sollte der letzte sein.

Aber das Warten wurde belohnt. Santiago war wach, nach einem unruhigen Schaf. Dann kam Enedina in das Zimmer und setzte sich wieder auf das Bett von Santiago. Der Vorgang wiederholte sich. Sie blickte nirgendwo hin und bewegte sich auch nicht. Santiago ging wieder unter ihre Bluse bis zu ihren Brüsten und berührte die Brustwarzen, ging einmal, zweimal, dreimal hinein. Enedina schaute weiter ins Leere. Wenn es etwas gab, was Santiago sich wünschte neben dem, dass er es nicht lassen konnte, sie anzufassen, mit dem intensivsten Vergnügen, mit einer außerordentlichen und so kontinuierlichen Erektion, dass es fast weh tat, dann war es ein Satz von Enedina, war es die offen ausgesprochene Zustimmung von Enedina dessen, was sie offensichtlich erlaubte. Aber diese Worte kamen nicht. Enedina sprang mit einem Satz auf ihre Füße, ging zur Tür, und mit der Tür halb offen sagte sie wieder:

„Sie warten auf uns, sie warten auf Dich."

Enedina war unverändert gekleidet, mit der gleichen kurzen Hose und der gleichen Bluse, während sie frühstückten. Danach gingen sie und Carola sowie Santiago und

Manuel auf ihre Zimmer, um sich die Badesachen anzuziehen.

Sie waren bereits am Strand und Carola schwamm weit draußen im Meer; Manuel nahe am Strand. Enedina und Santiago alleine auf der Matte aus Palmwedel. Sie wand sich unverhohlen, als Santiago Sand auf ihren Bauch verstreute und stieß einen kurzen Schrei aus, bevor sie zum Meer rannte. Santiago zögerte nicht. Er konnte nicht umhin, ihr zu folgen. Er sah, wie sie wie gewohnt ihre Arme empor warf, um den Kontakt mit den Wellen zu vermeiden. Santiago hatte die ganze Zeit nicht aufgehört, wie ein Idiot zu lachen, während er zwischen den Lachsalven ausrief:

„Ich erwische Dich, ich erwische Dich."

Er erwischte sie tatsächlich und nahm sie von hinten an ihrer nackten Hüfte und drückte sie gegen sich. Das Gesäß Enedinas stieß gegen die Badehose von Santiago, bewegte sich, er drückte ihre Hüften und lachte weiter, obwohl die Pausen zwischen den Lachsalven immer größer wurden und Santiago zum Schluss aufhörte zu lachen. Er hielt die Hüfte Enedinas mit seinen Händen und spürte ihr Gesäß an seinem Glied. Sein Samenerguss war endlos.

Ungeachtet dessen blieb er ständig in ihrer Nähe. Er setzte sie auf der Terrasse auf seinen Schoß, seine nackten Füße legten sich unter dem Tisch auf die von Enedina. Sie sprach niemals ein Wort, akzeptierte alles. Auf Santiago warteten glorreiche Tage in der Stadt, nachdem sie das Hotel am Strand im Morgengrauen des nächsten Tages verlassen hatten, im Auto bis nach Oaxaca gefahren waren und dort das Flugzeug bestiegen hatten.

Obwohl Santiago erwartet hatte, neben Enedina sitzend zu reisen und trotz seiner verborgenen Anstrengungen, dies zu erreichen, setzten Enedina und Manuel sich in eine Sitzreihe getrennt von der, die die unersättliche Carola und Santiago nutzten.

„Es war eine sehr angenehme Reise", meinte Carola im Flugzeug.

„Ja, stimmt, sehr angenehm", bestätigte Santiago mit Nachdruck, ohne sich an dem prüfenden Blick Carolas zu stören.

Sie trennten sich am Flughafen. Carola ging mit ihren Kindern zu ihrem Haus und Santiago in das seine. Enedina küsste mit einer vollkommenen Natürlichkeit Santiago auf die Wange, als sie sich verabschiedeten. Carola küsste ihn auf den Mund. Sie sagte noch zu Santiago:

„Ich warte heute Abend zu Hause auf Dich."

Das war nicht richtig. Nichts von alledem war wahr. Alles nur vorgetäuscht. Carola, bekleidet mit einem maßgeschneiderten braunen Kleid, mit Stöckelschuhen und einer Strumpfhose, mit trostlosem Aussehen, erschien nachmittags in dem Haus von Santiago und öffnete die Tür mit ihrem eigenen Schlüssel. Er hatte sich inzwischen auch umgezogen und trug einen Pullover.

„Was hast Du mit Enedina gemacht?" waren die Worte von Carola, sobald sie auf Santiago traf.

„Mit Enedina? Nichts. Ich verstehe nicht, was Du sagen willst", antwortete Santiago.

„Du weißt ganz genau, was ich sagen will. Du hast überhaupt nicht bemerkt, dass ich nicht aufgehört habe, Dich zu beobachten", fügte Carola hinzu.

„Dann weißt Du auch, dass ich nichts Außergewöhnliches getan habe", sagte Santiago.

„Lügner!", antwortete Carola trocken und verächtlich.

„Nichts Außergewöhnliches, wenn man bedenkt, das Enedina mich die ganze Zeit provoziert hat", antwortete Santiago, inzwischen ein wenig erschrocken.

„Lügner! Enedina ist vollkommen unschuldig. Ich weiß es", sagte Carola mit einer immer verächtlicheren und bedrohlichen Stimme.

„Hat sie Dir das gesagt?", murmelte Santiago.

„Ich spreche nicht über solche Dinge mit meiner Tochter", antwortete Carola trocken.

Santiago hätte vieles erklären können; er wußte aber auch, das es unnütz war, das jetzt zu tun. Er kannte Carolas Charakter. Was er nicht wußte war, dass Carola wußte, in welchem Möbel er eine Pistole aufbewahrte. Carola hatte sie bereits in der Hand.

„Tu das nicht, mach das nicht", flehte Santiago, den rechten Arm in Richtung Carola streckend.

Diese Geste war überflüssig. Es fielen drei Schüsse. Santiago fiel auf den Boden. Wenn er Nabokov gelesen hätte, anstatt nur von der Existenz von „Lolitas" zu wissen, dann hätte er auch gewusst, dass man, bevor man vollständig eine Lolita genießen kann, für die zeitweilige oder endgültige Abwesenheit der Mutter sorgen muss.

RÄTSEL

Bevor jedweder Versuch einer Bekämpfung außerhalb seiner Reichweite lag, wäre sich zu unterwerfen für Ramón Rendón eine zu große Last gewesen. Er hätte niemals geahnt, dass eine gedankenlose Tat, wie er sie begangen hatte, die durch eine Macht ausgelöst wurde, deren Kraft ihn aufgrund seiner professionellen Erfahrung in Angst versetzt hätte, sich ihm derart hätte aufdrängen können. Es war eine Macht, die drohte, sein ganzes Leben zu verändern, und je mehr er dachte, sich in seinen Handlungen dieser Unterwerfung endgültig entzogen zu haben, desto mächtiger wurde diese Kraft. Sie war jetzt nicht mehr nur auf die Notwendigkeit einer unmittelbaren Ausführung gerichtet, sondern auf die beständige Sehnsucht, die sich mit der Unmöglichkeit dieser Ausführung verband, eine Unmöglichkeit, die, um alles noch komplizierter zu machen, von ihm selber provoziert worden war. Seine Fähigkeit zu denken, oder besser gesagt, die Möglichkeit des Denkens selbst, oder die Möglichkeit dessen, wovon er selber überzeugt war, dass es Denken sei, verschwand, um den Weg frei zu machen für eine blinde Wut, die gegen ihn selbst gerichtet und unkontrollierbar war.

Nur einige Monate zuvor verlief das Leben von Ramón Rendón in sicheren und angenehm fließenden Bahnen, deren Bewegung kaum zu bemerken waren. Er war seit sieben Jahren glücklich verheiratet. Er hatte zwei Kinder, einen fünfjährigen Sohn und eine dreijährige Tochter, die er vergötterte und, zusammen mit seiner Frau, in befriedigender Sicherheit aufwachsen sah. Er und seine

Frau hatten blind vor Liebe geheiratet und, um eine Zeit lang diese Liebe zu genießen, freiwillig zwei Jahre gewartet, bevor ihr erstes Kind geboren wurde. Ramón Rendón behauptete immer, man müsse das Leben genießen und gleichzeitig, ohne dass man es merke, das Leben bestimmen und so lenken, dass es mit den eigenen Annehmlichkeiten übereinstimme. Seine Stellung in der Welt bereitete ihm schon vor seiner Heirat keinerlei Probleme. Er war der junge Assistent des Direktors, auserwählt für dieses wichtige Amt von der Person, die schon sein Lehrer in der medizinischen Fakultät gewesen war und seitdem den Posten des Direktors der psychiatrischen Abteilung eines führenden neurologischen Institutes innehatte und immer die engagierte und vielversprechende Berufung Ramóns gefördert und unterstützt hatte. Seine Frau hatte nur einige wenige Male die Abteilung besucht, versicherte, sie würde niemals wieder dort hingehen, und sagte vor den gemeinsamen Freunden immer, dass sie sich nicht erklären könne, wie Ramón mit einer solchen Leichtigkeit zwischen dem Alptraum aus Horror, innerhalb dessen er sich beruflich verwirklichte, und dem so genannten normalen Leben, das Menschen wie sie und ihr eigener Mann lebten, hin und her wechseln könne. Aber, immer gleich, legte Ramón ihr den Arm um die Schultern und versicherte ihr und ihren Freunden, dass Wissenschaft keinen Horror kenne und dass er, um diese angeblichen Schrecken zu vergessen, obwohl sie ihn immer interessieren würden und immer in ihm lebten, nur von seiner Arbeit nach Hause gehen müsse. Dann verwandele er sich in den attraktiven jungen, liebevollen Ehemann und zärtlichen Vater, wie ihn alle kannten.

Und genau deshalb war der Konflikt, dem er sich nun stellen musste, so unerwartet. Innerhalb einer umfassenden und zufrieden stellenden alltäglichen Wirklichkeit gab es

keinen Grund, dass diese Art von Problemen auftraten, auch
wenn die Wissenschaft, die er ausübte, versicherte, dass der
Feind, der sich im Innern eines jeden befinde, immer auf
der Lauer sei. Aber Ramón kannte diesen Feind. Sein
Gefühlsleben war reich und vielschichtig durch die immer
gleiche Stärke der Gefühle, die ihm gewöhnlich keine
Schwierigkeiten verursachten, sondern nur seinen Willen
zur Balance unterstrichen, durch den sie geleitet wurden.
Sein Berufsleben entwickelte sich, wie er es sich erträumt
und wie er sich immer darauf vorbereitet hatte, es zu
erreichen, auf einem sicheren Weg, der ihm tiefe
intellektuelle Befriedigung gegenüber seinen klinischen
Erfolgen gab. Sein soziales Leben war angenehm und
abwechslungsreich. Sowohl Ramón als auch Laura, seine
schöne Frau, hatten verschiedene Freunde, die sie ab und
zu entsprechend ihren eigenen Wünschen trafen, und sie
verbrachten die meisten Wochenenden in einem einfachen
aber besonders ansprechenden Wochenendhaus in einer
Stadt, die nur einige Kilometer von der Hauptstadt entfernt
war und in welchem sich das Bild ihres Wohlstandes
widerspiegelte, welches sich auch in dem geräumigen
Apartment, das sie nicht einmal aufgeben mussten, als ihre
beiden Kinder geboren wurden, zeigte. In diesem Apartment hatte Ramón sein eigenes Büro, ein gemütliches
Zimmer mit einem großen Schreibtisch, drei der vier
Wände waren gefüllt mit Regalen voller Bücher. Manchmal,
nach dem Abendessen, während Laura sich den kleinen
Verrichtungen als Hausfrau widmete, schloss er sich in
seinem Büro ein, um zu studieren. Danach, wie jeden
Abend, bevor er sich dem Schlafzimmer näherte, in dem
Laura ihn bereits erwartete, betrat Ramón das Zimmer
seiner beiden Kinder, die schon sanft schliefen, so wie auch
das Dienstmädchen, das zur Sicherheit im selben Zimmer
schlief, da Ramón und seine Frau, bedingt durch ihre soziale

Stellung, ein paar Male in der Woche spät nach Hause kamen. Dann gab er ihnen einen letzten Gute-Nacht-Kuss, immer besonders darauf bedacht, sie nicht zu wecken, während er im Halbdunkel des Zimmers bewegt ihre Schönheit und den friedlichen Charakter ihres Schlafes bewunderte. Bei einigen dieser Gelegenheiten begleitete Laura diese kleine Zeremonie; aber nicht immer, auch deshalb nicht, weil Ramón, wenn er nicht mehr in seinem Büro zum Arbeiten gewesen und das Paar gemeinsam nach Hause zurückgekehrt war, die schlechte Angewohnheit hatte, sich mit allerlei offensichtlich unnützen Tätigkeiten aufzuhalten, bevor er in das Schlafzimmer ging, in dem Laura liebreizend so tat, als würde sie die Geduld mit ihm verlieren. Wie ein möglicher Beweis dafür, dass es keine unschuldigen Handlungen gibt, war genau dieses Verhalten Ramons der Anfang des Problems.

Das vorletzte Kindermädchen hatte seinen Dienst vorzeitig vor ungefähr sieben Monaten niedergelegt. Zwischen bestimmten sozialen Schichten scheinen weder Vernunft noch Zuneigung zu zählen oder überhaupt vorhanden zu sein. Während einiger Wochen musste das junge Paar mit den Schwierigkeiten zurecht kommen, die durch nur ein Dienstmädchen entstehen. Danach fand Laura einen Ersatz für das ehemalige Kindermädchen, von welchem Ramón, in seinem Scharfsinn als Psychiater, gegenüber seiner Frau behauptete, dass sein Sohn nicht aufgehört hatte, sie ein wenig zu vermissen. Jenseits aller Psychiatrie und, trotz ihres zärtlichen Interesses für die berufliche Laufbahn ihres Mannes, konnte Laura nicht umhin, ihm zu antworten, dass er übertreiben würde. „Du machst Dir keine Vorstellung von dem, wie unsere innersten unbewussten Ansprüche uns ständig bei jeder Gelegenheit hemmen", hatte er geantwortet. Und er hatte Recht, wusste aber nicht, dass er sich selber keinerlei

Vorstellung darüber machte, was alles durch das bewiesen wurde, was später passierte.

Das neue Kindermädchen, welches Laura fand, hieß Rosa. Die Frau des Hausmeisters des kleinen aber gemütlichen Wochenendhauses, in welchem Ramón, Laura und ihre beiden Kinder fast jedes Wochenende verbrachten und welche ihnen zu diesen Gelegenheiten als Köchin diente, hatte Rosa empfohlen, damit Laura sie in ihre Dienste nähme. Bevor sie Rosa zu Laura brachte, sagte sie, dass Rosa mit ihrem Vater und ihren fünf Brüdern zusammen lebte und als Dienstmädchen für alle in einem kleinen Haus aus Holz diente, welches umgeben war von der typischen üppigen Vegetation der Stadt, und welches gegenüber der Schlucht stand, die genau dort anfing, wo der Garten des Wochenendhauses von Ramón und Laura aufhörte. Die Frau des Hausmeisters war überzeugt davon, dass Rosa sich so verhalten würde, wie Laura es sich wünschte. Auch wenn ihre Familie sehr arm war – nur zwei der Brüder und ihr Vater arbeiteten, und das nicht immer, sondern nur gelegentlich – hatte Rosa, bevor ihre Mutter starb, sowohl die Grundschule als auch die Sekundarschule erfolgreich abgeschlossen und war ein diskretes und eifriges Mädchen. Laura ließ sie in das Haus kommen, um sich mit ihr zu unterhalten. Ihr Aussehen war durchschnittlich. Nicht sehr groß, Zöpfe bis fast zur Hüfte, mit dickem schwarzem Haar sowie kleinen schwarzen Augen in ihrem dunkelhäutigen Gesicht, welches an den Wangen voller sympathischer kleiner Grübchen war. Das Kleid, in welchem sie erschien, um sich Laura vorzustellen, war sauber, aber an vielen Stellen geflickt, und Rosa kam barfuß. Laura fragte sie sofort vorsichtig, ob sie es nicht gewohnt sei, Schuhe zu tragen. Rosa entschuldigte sich verschämt. Ihre Sandalen seien so verbeult, dass sie es vorgezogen habe, sie vor der Tür stehen zu lassen. Diese Antwort machte einen guten

Eindruck auf Laura. Letzten Endes sah das Mädchen barfuß viel natürlicher und selbstbewusster aus. Sie sprach mit Leichtigkeit, ihr allgemeines Erscheinungsbild schien wach, sie sagte, dass sie lesen und richtig schreiben könne und es keine Schwierigkeiten gäbe, ihr die einfachsten Tätigkeiten zu zeigen, für welche Laura sie einsetzen wollte. Sie fragte sie, ob ihr Kinder gefielen und ab wann sie mit ihr rechnen könne. Rosa antwortete spontan, dass sie ihr sehr gefallen würden und sie immer auf ihre zwei kleineren Brüder aufgepasst habe, und ab sofort zu ihren Diensten stünde. Der Sohn von Laura spielte ganz in der Nähe, und sie rief ihn, damit er sein neues Kindermädchen kennenlerne. Der Junge hob die Augen, um sie anzusehen. Rosa lächelte ihn etwas verlegen an und stellte einen nackten Fuss auf den anderen. Diese Geste berührte Laura. Sie sagte zu Rosa, dass sie bei ihrer neuen Arbeit eine Uniform tragen und sie sich darum kümmern würde, ihr diese zu beschaffen. Rosa nickte mit dem Kopf und sagte: „Ja, danke, gnädige Frau". Danach, auf eine instinktive Art, wie Ramón sagen würde, streichelte sie kurz über den Kopf des älteren Sohnes von Laura. Dieser ließ es zu, und seine Mutter deutete die Annahme dieser Zärtlichkeit als ein gutes Signal. Sie konnte der alten Ehefrau des Hausmeisters dankbar sein. Rosa würde eine gute Errungenschaft sein. Laura entschied, sie direkt mit sich zu nehmen, sobald sie in die Hauptstadt zurückkehren würden. Am Sonntag nachmittag erschien Rosa mit einem anderen Kleid, genauso sauber aber nicht weniger geflickt, mit zerbeulten Sandalen an den Füßen und einem Pappkarton, in welchem sie alle ihre Habseligkeiten verstaut hatte. Auf dem Rücksitz im Auto sitzend, sagte sie während der ganzen Fahrt kein einziges Wort. Ihr einziges Anliegen schien zu sein, so unbemerkt wie möglich zu bleiben. Aber als die Tochter von Laura auf den Rücksitz klettern wollte, streckte sie ihr ihre Arme entgegen, um sie zu empfangen, während sie gleichzeitig der Mutter versicherte, dass das Kind es gut haben würde neben ihr.

Durch einen Umstand, der nicht üblich war, aber ab und zu eintrat, war Ramón Rendón nicht anwesend gewesen, als Rosa eingestellt wurde. Er befand sich seit fünf Tagen wegen eines Fachkongresses außer Landes. Um daran teilzunehmen, hatte er sich bereits einen Monat vorher den Bart stehen lassen. Er war ein junger, hübscher und eleganter Mann, auch mit dem Bart, aber Laura konnte nicht umhin, sich ein wenig über ihn lustig zu machen, indem sie sagte, er schäme sich, jung auszusehen und wolle nur Dr. Freud imitieren. Ramón nahm dies hin und fügte neckend hinzu, dass seine Frau zumindest akzeptieren könne, dass er so wenigstens ein bisschen wie ein Wissenschaftler sei. Laura schloss dieses Gespräch, indem sie in dem gleichen humorvollen Ton hinzufügte, dass die Bärte der Wissenschaftler trotzdem ihre Frauen pieksen würden, wenn sie sich lieben würden. Angesichts dieses Argumentes versprach Ramón, sich den Bart abzurasieren, sobald er von dem Kongress zurückkäme.

Laura ging, um ihn am Flughafen abzuholen. Der Flieger kam nachmittags an. Ramón kam zufrieden zurück. Inmitten des vielen Verkehrs, neben Laura im Auto sitzend, die den Wagen steuerte, erzählte er ihr während der Rückfahrt, dass er für seine Präsentation über Fälle selbst-zerstörerischer Paranoia, welche sich nach seiner klinischen Erfahrung durch eine intensive Behandlung mit chemischen Substanzen schneller legten, einige Einwände bezüglich der Nebenwirkungen erhalten habe, trotzdem aber die Zustimmung von vielen anderen Kollegen, die viel Erfahrung in verschiedenen Kliniken gesammelt hatten, bekommen habe. Trotz seines Imitationsversuches mit dem Bart wagte Ramón zu behaupten, Freud werde bald gänzlich der Vergangenheit angehören. Laura hörte ihm wie immer mit einem Hauch von Erstaunen zu. Es war wie ein Abkommen zwischen ihnen. Ramón wusste bereits, dass sie nichts von dem verstand, was er sagte, brauchte aber den Schein der Aufmerksamkeit von ihr, um sich selbst reden zu hören. In ihrer Rolle als Hausfrau, die zusätzlich auch noch die Frau eines jungen und bedeutenden Psychiaters war, informierte Laura Ramón über ihren viel bescheideneren Erfolg: Sie hatte ein neues Kindermädchen für die Kinder gefunden und über die zwei Tage, die sie nun bei ihnen arbeitete, konnte sie sagen, dass sie sehr mit ihr zufrieden sei. In seinen Gedanken mit viel ernsteren Dingen des Lebens beschäftigt, war es nicht verwunderlich, dass Ramón ihr auch keine besondere Aufmerksamkeit bezüglich dieser Nachricht schenkte.

Als sie zu Hause ankamen, und nachdem er die liebevollen Umarmungen und Küsschen seiner Kinder empfangen und Laura ihnen versichert hatte, dass ihr Vater sich den unbequemen Bart noch am selben Abend abrasieren würde, lernte Ramón Rendón Rosa kennen. Sie war bereits mit der makellosen weißen Uniform bekleidet, die Laura alle ihre Dienstmädchen immer tragen ließ, und trug angemessenes Schuhwerk. Sie sah etwas dunkelhäutiger aus, und ihr schwarzer und dicker Zopf hob sich deutlich von dem weißen Stoff der Uniform ab. Mit Erstaunen und Bewunderung, aber auch etwas verstohlen, schaute sie auf den dicken kastanienfarbenen Bart von Ramón, senkte aber sofort schüchtern die Augen, als Laura ihren Ehemann informierte, dass dies das neue Kindermädchen sei, von der sie ihm bereits berichtet hatte. Auf die gleiche Weise, wie er bereits teilnahmslos auf die Nachricht reagiert hatte, hielt Ramón sich auch jetzt nicht damit auf, als Laura ihm die neue Anwesende in dem Haus vorstellte. Er öffnete seinen kleinen Koffer, um die Geschenke hervorzuholen, die er seiner Frau und seinen Kindern mitgebracht hatte. Er ging, um letzteren beim Baden zuzuschauen, ohne sich weiter um die Geschicklichkeit zu kümmern, mit welcher Rosa dies inzwischen bewerkstelligte. Er begleitete sie beim Abendessen und brachte sie anschließend zusammen mit Laura ins Bett. Laura und Ramón waren ein glückliches Paar. Sie setzte sich an den Badewannenrand, um zu sehen, wie er sich rasierte, als der Moment kam, das Versprechen einzulösen. Er hatte sich bereits als der brillante Akademiker auf dem Kongress bewährt; nun bewährte er sich als der liebevolle Ehemann, der er in seinem Privatleben war. Sie tranken ein Glas Wein, nur ein Glas, ohne miteinander auf ihr Glück anzustoßen, aber mit einer stillschweigenden Übereinkunft darüber, bevor sie zu Abend aßen. Sie setzten sich einer dem anderen am Tisch gegenüber und sprachen herzlich über belanglose Dinge. Der Kongress wurde nicht wieder erwähnt. Ramón musste am nächsten Tag sehr früh bei seiner Arbeit sein. Und wie es üblich ist, wurde Rosa auch nicht weiter erwähnt. Sie schlief bereits auf dem Schlafsofa, welches im rechten Winkel zu den Bettchen der Kinder stand, als Laura und Ramón, diesmal gemeinsam, eintraten, um ihren Kindern den üblichen Gute-Nacht-Kuss zu geben, welche, wie immer, weiterschliefen, ohne die kleine Zeremonie mitzubekommen, die es den Eltern erlaubte, einige kurze Momente mit der Betrachtung ihrer sanften Schönheit zu genießen. Rosa schien die Anwesenheit ihrer Arbeitgeber in dem Zimmer ebenso wenig zu bemerken.

Am nächsten Tag, während sie den Kindern das Frühstück zubereitete, sah Rosa ihren neuen Dienstherrn eilig aus dem Zimmer stürzen, inzwischen ohne Bart. Zunächst dachte sie, es sei eine andere Person. Ramón Rendón gab seinen Kindern einen Kuss und trank schnell eine Tasse Kaffee, ohne sich an den Tisch zu setzen. Währenddessen betrachtete Rosa ihn etwas genauer. Es war doch dieselbe Person. Später meinte sie zu dem anderen Dienstmädchen, dass er sowohl mit als auch ohne Bart sehr gut aussähe. Ihre Arbeitskollegin aber bekräftigte, dass ihr Freund ihr besser gefiele. Rosa antwortete darauf mit Erstaunen, dass sie etwas anderes gemeint habe. Es gab absolut keinen möglichen Vergleich zwischen ihren Arbeitgebern und den anderen Menschen, die ihr Freund oder der ihrer Arbeitskollegin sein konnten. Und wahrhaftig, der Raum, in welchem Ramón Rendón, seine Frau und seine Kinder lebten, auch wenn er direkt an den der Dienstmädchen anschloss, war ein anderer. Deswegen waren sie auch immer anwesend, ohne jemals wirklich gegenwärtig zu sein. Ein Soziologe hätte daraus zu Recht gefolgert, wie dies in den Fällen, in denen die Probleme unterschiedlicher Klassen untersucht werden, so häufig passiere, dass dieser Umstand die Dienstmädchen zu der unmenschlichen Bedingung eines Objektes herabmindern würde. Aber vielleicht wird auch einfach übersehen, dass Objekte manchmal auch bemerkt werden und mit einer einzigartigen Kraft ihre eigene Gegenwart aufdrängen, gerade weil sie in der Regel unbemerkt bleiben.

Die Überschneidung seines beruflichen und seines familiären Lebens führte bei einer Gelegenheit Ramón Rendón dazu, einen ausländischen Kollegen, der mit seiner Frau das Land besuchte, zu sich nach Hause einzuladen. Es ist unnötig zu erwähnen, dass es sich um einen Kontakt handelte, der Ramón auf beruflicher Ebene sehr nützlich war. Und es ist auch unnötig zu erwähnen, das bei diesen Gelegenheiten Laura bis zur Perfektion wusste, wie sie sich zu verhalten hatte. Die Zusammenkunft war ein voller Erfolg. Laura und die ebenfalls noch junge Frau des jungen Kollegen von Ramón verstanden sich mit solch einer Leichtigkeit, wie es ihre Ehemänner auf der beruflichen Ebene taten, was auch zeigte, dass ihre gemeinsamen Interessen so stark waren, um ihre Beziehung natürlich wirken zu lassen. Selbstverständlich waren die Kinder von Laura und Ramón bereits zu Bett gegangen, als das Gästepaar ankam; aber während des Abendessens wurde über sie gesprochen. Auch der andere Arzt und seine Frau hatten zwei Kinder, nur das in ihrem Fall das Verhältnis umgekehrt war: das Mädchen war älter als der Junge. Es wurden einige tiefenpsychologisch-wissenschaftliche Scherze darüber gemacht, welche Wichtigkeit in den lateinamerikanischen Ländern der Tatsache eingeräumt wird, dass in den Familien der Erstgeborene männlich sein muss. Ramón stimmte mit seinem Kollegen überein, dass dies die Schatten eines Erbes seien, die vernichtet würden von der immer stärker werdenden Erkenntnis über die Dinge. Wenn man wisse, wie man seine Kräfte einsetzen müsse, gäbe es kein Hindernis, welches die Vernunft nicht schlagen könne. Lustig, kontaktfreudig, elegant und ironisch mischte sich Laura ein, um zu behaupten, dass die Liebe zu ihrem Ehemann irrational sei. Dabei bekam sie Unterstützung von der anderen Frau am Tisch, und alle lachten gemeinsam. Diese Art der Scherze ist immer dann angenehm, wenn die eigentliche Richtung des Lebens einem zeigt, dass ein gewisses Zugeständnis an die irrationalen Kräfte absolut legitim und sogar von Vorteil ist. Aber die Richtung, die das Gespräch nahm, führte dazu, dass, auch wenn diese bereits schliefen, die geladenen Gäste die Kinder von jenem Paar sehen wollten, mit welchem sie inzwischen so viel gemeinsam hatten, dass sie sich fortan als Freunde sehen sollten.

Ramón und Laura führten ihre Gäste zu dem Zimmer der Kinder. Sobald sie den Flur betraten, gingen alle vier unwillkürlich auf Zehenspitzen, so, als ob ihr Vorhaben etwas Schuldhaftes hätte und verstohlen ausgeführt werden müsse. Der Grund lag jedoch auf der Hand. Jeder

Psychiater und jede moderne Mutter weiß, dass der Schlaf der Kinder heilig ist. Nichts darf ihn stören; nichts darf ihn unterbrechen. Kinder müssen so unbesorgt durch die hellen und die dunklen Seiten gehen können, als wenn es ein und derselbe Bereich wäre, und die Pflicht eines jeden verantwortungsbewussten Paares ist es dafür zu sorgen, dass dem auch so ist. Es war nur natürlich, dass Ramón, bevor die Tür, welche immer halb offen stand, mit größter Vorsicht weiter geöffnet wurde oder in dem Moment, als er sie öffnete, sah, wie seine Frau den Finger auf ihre Lippen legte, um mit diesem Zeichen um absolute Ruhe zu bitten. Danach traten alle in das Zimmer und widmeten sich der Betrachtung, ohne Licht zu machen und nur unterstützt von dem Lichtschein, der vom Flur hereinströmte. Laura beugte sich kurz über das Bett ihrer Tochter, um den Bettbezug der Decke hochzuziehen, und in diesem Moment drehte Rosa sich unruhig auf ihrem Schlafsofa um. Auch wenn die Gäste, bis dahin in die Betrachtung der Kinder versunken, ihre Anwesenheit bisher nicht bemerkt hatten, konnten sie jetzt nicht mehr umhin, dies zu tun. Trotzdem wartete Ramóns Kollege, bis alle das Zimmer, in welchem die Kinder so sanft schliefen und augenscheinlich Rosa aus wer weiß welchen geheimen Gründen unruhig träumte, wieder verlassen hatten und alle wieder am Tisch saßen, um zu fragen, warum die Kinder in so einem fortgeschrittenen Alter immer noch gemeinsam mit jemandem in einem Zimmer schliefen. Ramón war ein wenig verlegen. Es gebe eben unterschiedliche Gewohnheiten, fing er an zu erklären. Aber Laura unterbrach ihn, um viel entschlossener zu versichern, dass in diesem Land, wo es zum Glück immer noch nicht schwierig war, Dienstmädchen zu finden, alle Kinder ihre Kindermädchen über viele Jahre hinweg hätten und sie es, sofern sie ihr absolut vertrauen konnten, sicherer fände, wenn jemand in demselben Raum schlafen würde wie ihre Kinder, vor allem bei den Gelegenheiten, wenn sie, zusammen mit Ramón, spät in der Nacht erst wieder nach Hause kämen.

Vielleicht ließen sich ihre neuen Freunde nicht vollständig davon überzeugen. Völlige Übereinstimmung zwischen Ländern mit so unterschiedlichen Lebensweisen herzustellen, ist unmöglich. Man könnte so viel darüber sagen, vor allem mit direktem Bezug zur Psychiatrie! Für einen Moment dachte Ramón, vielleicht könnte man in einem der kommenden Symposien... Aber alle waren zivilisiert genug, um nicht wegen eines so banalen Grundes einen Riss in dieser so angenehmen Zusammenkunft entstehen zu lassen. Das Abendessen wurde genauso herzlich beendet, wie es begonnen hatte. Und trotzdem hatte es einen Schatten auf das sonst so klare Leben von Ramón und Laura geworfen.

Sie war es, die ein paar Tage später unerwartet ihren Ehemann fragte, ob es nicht doch unangebracht sei, dass das Dienstmädchen bei den Kindern schliefe. Ramón zeigte wieder seinen bereits bewiesenen Scharfsinn als Psychiater und antwortete ihr ohne zu zögern, dass er bereits bemerkt habe, dass eine fixe Idee sie seit einigen Tagen umtreibe. Keinen Widerspruch duldend und ohne einen vernünftigen Grund war Laura gereizt. Sie – so meinte sie – wolle nicht die ganze Zeit beobachtet werden wie ein Meerschweinchen in einem Labor. Sie habe nur eine konkrete Frage über die Erziehung ihrer Kinder aufgeworfen, weil sie sie liebe und nur das Beste für sie wolle. Ramón hingegen verlor nicht die Geduld. Laura hatte Recht. Er sollte unter keinen Umständen zulassen, dass seine beruflichen Gewohnheiten sich in sein Privatleben einmischten, obwohl er Laura wegen seiner beruflichen Fähigkeiten, und gerade deswegen, bestimmt versichern konnte, dass keine Gefahr bestand, wenn seine Kinder ein Kindermädchen hätten, auch wenn dies die Fremden erstaunen könnte. Im Gegenteil, der Gegensatz zwischen den Kindermädchen und der Mutter erlaube es lateinamerikanischen Kindern auf eine sanftere und natürlichere Art, die Rolle der mütterlichen Gestalt zu erkennen. Denn von den Kindermädchen im Allgemeinen, und es schien ihm so, als sei dies auch bei seinen Kindern der Fall, gab es auch eine gewisse Zuneigung den Kindern gegenüber, die ihnen nichts anderes als Sicherheit geben konnte. Laura bestätigte sich einmal mehr, wie gut es sei, einen Mann wie Ramón zu haben. Die fixe Idee hörte zunächst auf, fix zu sein, und danach verschwand sie ganz.

Aber die instinktiven Kräfte sind unvorhersehbar. Ohne dass Ramón es bemerkte, war nicht das Gleiche mit ihm passiert. In den Nächten, in welchen er sich mit allerlei unnützen Dingen aufgehalten hatte, so dass Laura sich bereits in das Schlafzimmer zurück gezogen hatte, als er Schlafen gehen wollte, und bevor er sich Schlafen legte, ging er seinen Kindern einen Kuss geben, und drehte sich jedes Mal zu dem Schlafsofa um, in dem Rosa bereits schlief. Und in welcher sich später ein verhängnisvoller Eingriff des Zufalls in dem Moment offenbarte, als Ramón – mechanisch? versehentlich? unbewusst? – sich umdrehte, um sie anzusehen, durch einen reinen Zufall, so wie er sich bei fast allen Katastrophen des Lebens ereignet, da Rosa, ohne wach zu werden und von was auch immer für einem jähen Schreck im Traum geleitet, einen Arm unter der Decke hervorzog, welche sich nach unten verschob und den Arm und eine nackte Schulter freigab. Im Halbdunkel betrachtete Ramón diesen Arm und diese Schulter. Rosa musste nackt schlafen. Sie musste nackt sein unter der Decke. Das war unzeitgemäß und unerwartet. Es bestätigte das Eindringen der Unzucht in den Bereich der Unschuld. Ramón Rendón, geleitet von dieser doppelten Erkenntnis, spürte eine wilde und unbändige Lust. Dieser Impuls dauerte nur einen Moment. Sofort erkannte Ramón dessen undurchführbare Natur und seinen lächerlichen Charakter, und den Blick von der schlafenden Gestalt Rosas abgewandt, verließ er das Zimmer. Trotzdem, nachdem er wie üblich erfolgreich mit Laura geschlafen hatte und sie bereits mit ihrem Kopf an der Schulter ihres Mannes eingeschlafen war, blieb Ramón noch lange wach und stellte erstaunt fest, dass die Frage, ob Rosas Geste beabsichtigt war, sowohl jetzt in seinem Bewusstsein war als auch schon vorher, während er mit seiner Frau geschlafen hatte. Das Eindringen seltsamer Gedanken bei einem Paar, welches Geschlechtsverkehr hat, war für einen Psychiater nicht überraschend; aber die Frage nach der Absicht von Rosas Geste war beunruhigend, weil bei genauerer Betrachtung der Gründe, aus denen dies geschehen war, Ramón einsehen musste, wie es auch sein professionelles Wissen ihm bestätigte, dass der Wunsch in ihm real gewesen war, er sich ihm bereits draußen aufgezwungen hatte, wie wenn Ramón nicht Herr seiner Selbst wäre und er die Beteiligung von Seiten Rosas einfordern wollte. Aber auch das war in keinster Weise überraschend. Ramón fiel es leicht zu akzeptieren, dass dieser Wunsch bereits vorhanden gewesen war, und er beglückwünschte sich für die Entschlossenheit, mit welcher er ihr selbigen aufgezwungen hatte, und im Vertrauen auf die Kraft seines Willens schlief er tief und fest mit dem warmen Körper von Laura an seiner Seite. Das hätte er besser nicht getan. Während seiner kurzen Analyse des kleinen Vorkommnisses hatte er sich nicht damit aufgehalten, die Wichtigkeit zu prüfen, die für ihn eine freiwillige oder unfreiwillige Beteiligung Rosas hatte. Aber sogar für jemanden, der so erfahren in dem Wissen der irrationalen Natur der Begierde war wie Ramón, war Rosa eine zu unbedeutende Gestalt. Ramón Rendón reichte es, sich selber zu kennen, und so konnte er friedlich und tief schlafen.

Doch trotzdem verschwinden die Fallstricke des Lebens nicht so ohne Weiteres. Er schlug den falschen Weg ein. Einen, auf welchem er sich selber nicht mehr kannte und von dem er auch durch Selbsttäuschung nicht abweichen konnte – was für jemanden mit seinem Wissen eigentlich auch hätte offensichtlich sein müssen. Der Weg selbst spielte dabei keine Rolle, sondern sollte ihn nur dazu bringen, sich selber besser kennen zu lernen. Jedes mal, wenn Ramón Rendón alleine eintrat, um seinen Kindern einen Gute-Nacht-Kuss zu geben, blieb er nun auch stehen, um Rosa schlafen zu sehen. Die ersten Male geschah dies nur für einen kurzen Augenblick; dann eine Zeitlang immer etwas länger. Ramón wartete, aber Rosa bewegte sich kein weiteres Mal. Er dachte nicht über seine Ernüchterung nach. Die Geste, die ihn einige Nächte vorher überrascht hatte, konnte nicht absichtlich gewesen sein. Deswegen war Rosa unschuldig und Ramón schuldig. Aber er hatte sich bereits eine bequeme, vernünftige Erklärung zurecht gelegt, um sein Verhalten zu rechtfertigen: er wollte sich selber untersuchen. Was aber geschah, war genau das Gegenteil. Ohne sich um seine pochenden Schläfen zu kümmern, beobachtete er stattdessen die schlafende Rosa, prüfte den viel zu deutlichen Rhythmus ihrer Atmung, die etwas zu vulgäre Form ihrer Gesichtszüge, und sobald er die Wichtigkeit dieses kurzen Augenblickes der Beobachtung verworfen hatte, so als wenn es sich nur um eine freiwillige Handlung handelte, die er perfekt im Griff hatte, wandte er sich dem Zimmer zu, in dem seine Frau auf ihn wartete.

Danach passierte das, was passieren musste, vielleicht, weil unsere geheimen Begierden die Gesten verursachen, die auf irgend eine Art erklären wollen, warum diese Begierde verborgen bleiben darf, wie Ramón zu einer anderen Zeit geurteilt hätte. Rosa, die Ramón während des

Tages so oft ansah, als hätte ihre kleine Figur, bekleidet mit der weißen Uniform, keinen Bezug zu der, die er während einer immer länger währenden Zeitspanne im Halbdunkel des Kinderzimmers schlafen sah, fing wieder an zu seufzen und sich auf dem Schlafsofa hin und her zu drehen, die Decke wegschiebend. Da sah Ramón, dass sie mit einem Nachthemd aus Baumwolle bekleidet war. Das war beunruhigend. Er war sich sicher, das bei der letzten Gelegenheit, als Rosa den Arm unter der Decke hervorholte, dieses Nachthemd nicht existiert hatte. Rosa musste also manchmal nackt und manchmal bekleidet schlafen. Das war beunruhigend, weil unlogisch. Irgend eine undurchsichtige Absicht musste sich hinter dieser Verhaltensform verstecken. Ramón untersuchte jetzt nicht mehr sich selber, sondern Rosa; aber damit hielt er sich nicht auf oder wollte sich damit nicht aufhalten. Er kam zu dem Ergebnis, dass es keinen Grund für Rosa gab, im Kinderzimmer nackt zu schlafen, ohne sich jedoch mit dem Gedanken zu beschäftigen, dass er wollte, dass sie dies tat. Danach stellte er sich weitere Fragen, die er zum Anlass nahm, sich weiter mit dem Thema der Nacktheit zu beschäftigen, auch wenn Rosa eigentlich, zumindest dieses Mal, angekleidet schlief. Wie war Rosa gekleidet, wenn sie in das Zimmer kam? Wo zog sie sich um, wenn sie sich umzog? Wo nahm sie dieses unsinnige Nachthemd her, welches sie gerade trug? Ramón konnte sich nicht erklären, warum weder er noch Laura sich je darum gesorgt hatten, daran zu denken. Und nun, anstatt den Grund für das vage Gefühl der Unmöglichkeit zu erkennen, warum er diese Frage niemals seiner Frau stellen konnte, wusste er gleichzeitig, das er herausfinden musste, ob es wahr war, dass sie manchmal nackt schlief. Die Leidenschaft, der Wahrheit auf den Grund zu gehen, verlässt einen Wissenschaftler nie, aber auch in der klarsten Intelligenz gibt es fixe Ideen, die sich in

Besessenheit verwandeln können und deren wahrer Charakter niemals ans Licht kommt.

Verliebt in seine Frau, stolz auf seine Kinder und sich seiner Liebe gegenüber der Familie sehr sicher, zufrieden mit seinem Beruf, tauchte in dem glänzenden Leben von Ramón Rendón langsam ein dunkler Bereich auf, den er leicht als banal und unwichtig hätte abtun oder bezüglich dessen er sich selber hätte täuschen können. Und um immer weiter in diesen Bereich eintauchen zu können, auch wenn er wusste, dass er nun nie mehr unschuldig in das Zimmer eintreten würde, in dem seine Kinder schliefen, musste er ihn nur als solchen sehen. Nachdem er diese geküsst hatte, fing eine andere Art der Bewunderung an, und eines Nachts, geleitet von einem Impuls fern seines eigenen Willens, streckte sich die Hand von Ramón, nahm den Rand der Decke, mit welcher Rosa sich zudeckte, und ließ diese mit sehr großer Vorsicht nach unten gleiten. Die nackte Schulter der Schlafenden tauchte auf. Also war es wahr. Ramón bestätigte sich, dass sein uninteressierter Forschergeist immer positive Ergebnisse erzielte. Manchmal schlief Rosa nackt. Wann und aus welchem Grund? Was hatten diese Wechsel zu bedeuten? Manchmal, wie es auch schon früher geschehen war, trat Laura mit ihm ein, um die Kinder zu küssen. Bei diesen Gelegenheiten schrieb Ramón seine Ungeduld, die Antworten auf seine Fragen zu finden, der Verzögerung zu, die die Einmischung seiner Frau bedingte. Aber es gab auch die anderen Nächte, in welchen er aus dem Zimmer seiner Kinder kam, ohne sich seiner Schuld bewusst zu sein und wo er es vermied zu prüfen, warum er sich nicht, wie es zu erwarten gewesen wäre, von einer Notwendigkeit abwenden konnte, die jedes mal dringlicher wurde. Ohne Zweifel, Rosa war der Grund einer zweideutigen Neugierde, aber es war sowohl unmöglich aufzuhören, sich dieser hinzugeben, als auch sich damit abzugeben herauszubekommen, wo sie herkam und, wie Ramón bereits wusste, auch wenn er in diesem Moment nicht daran dachte, sind die Impulse, wenn man ihnen gehorcht, ohne zu versuchen, sie zu leiten, jedes Mal stärker und spinnen Netze, die immer trügerischer zu befriedigen sind. Deshalb sollte er ihnen nicht folgen, ohne sie vorher ans Licht der Vernunft zu bringen.

Trotzdem, fern aller Vernunft, was Ramón auch bereits wusste, lassen sich gewisse Befriedigungen finden, auch wenn der Preis, den man für sie bezahlt, nicht absehbar ist. Ramón verbrachte Minuten, die unendlich erschienen, vor dem Schlafsofa von Rosa. Manchmal schob seine Hand die Decken hinunter und es erschien das Nachthemd. Rosa war unschuldig. Ramón ging in sein Zimmer mit einem glücklichen Gefühl der Erleichterung, so als wenn Rosas Unschuld ihn von seiner eigenen Schuld befreien könnte, gleichzeitig aber war es eine Ernüchterung. Was er wirklich brauchte war die Beteiligung, die Mittäterschaft von Rosa, und seine Schuld stellte einen Teil der dringenden Notwendigkeit der Befriedigung dar, jedes Mal stärker, je länger sie hinausgezögert wurde. So verging eine unbestimmte Zeit, unabhängig vom normalen Verlauf des Lebens von Ramón Rendón und seiner Familie. Er aber folgte weiterhin dem anderen, und der andere wurde belohnt. Eines Nachts, als er die Decke mit der Hand herunter schob, die schon nicht mehr zu Ramón gehörte, auch wenn die Möglichkeit besteht, dass er sie nur in diesen Momenten als die seine empfand, zeigte sich die nackte Schulter von Rosa. Es war lange her, dass dies passiert war. Die Erleichterung und die Schuld vermischten sich, bis sie verschwanden, nur um den reinen Impuls freizugeben. Ramón schob die Decke weiter hinunter, bis die Brust von Rosa zu sehen war. Er schaute erstaunt auf sie, gelähmt von seinem Verlangen. Sein Blick stellte in diesem Moment seinen ganzen Körper dar. Ramón hätte wissen müssen, was der Zusammenbruch des Zusammenhaltes seiner verschiedenen lebenswichtigen Organe bedeutete. Aber in diesem Moment, so als ob Ramón sie berührt hätte, drehte Rosa sich unruhig um, schob die Decke bis hinunter zu ihrer Hüfte, und zum Erstaunen und dem augenblicklichen Entsetzen von Ramón, öffnete sie einen Augenblick die Augen, sah ihn an, musste ihn angesehen haben, schloss die Augen wieder und zog die Decke hoch, bis diese ihren Kopf bedeckte.

War geschehen, was Ramón erwartete hatte oder was er niemals wollte, dass es passieren würde? Und wenn er es erwartet hatte, warum hatte er es erwartet? Und wenn er niemals gewollt hatte, dass es passieren würde, warum blieb er immer aufmerksam vor dem Schlafsofa stehen, in welchem Rosa schlief oder zumindest so tat, als ob sie schliefe? Und nun, da etwas geschehen war, was konnte er noch erwarten? Wollte er sich dieser verrückten Besessenheit hingeben, der er sich nun, in genau diesem Augenblick, nach der Bewegung von Rosa, so fremd fühlte? Er, Ramón Rendón, dessen Kinder in demselben Zimmer schliefen und auf den bestimmt seine Frau in seinem eigenen Bett wartete? Aber die Wirklichkeit ist so allumfassend, dass sie alle Fragen abdeckt, einschliesst, vermischt und durcheinander bringt, bis die einzige Antwort das Fehlen einer Antwort ist, was die Wirklichkeit so allumfassend macht. Rosa hatte die Augen geöffnet und Ramón gesehen, sie musste ihn gesehen haben. Ihr Bild, nackt bis zu den Hüften, vielleicht im Halbschlaf, vielleicht vollständig wach, verfolgte Ramón, als er in sein eigenes Zimmer trat und war immer noch bei ihm, als er Laura umarmte. Die einfache Leidenschaft verwandelt sich in eine schwierige Leidenschaft und ist deshalb auch viel unübersichtlicher und viel intensiver; der zweideutige moralische Reichtum der perversen Lust, die den Platz der Natürlichkeit der Begierde einnimmt. Es war möglich, Rosa in Laura zu sehen; aber nicht, in Rosa Laura, und Ramón Rendón glaubte beschlossen zu haben, dass er anfangen würde, sein Problem zu untersuchen, wie wenn es sich um einen Fall handeln würde, und um diesen Fall weiter zu behandeln, konnte er den Patienten nicht beiseite tun, der er selber war. Die unvermeidliche Rationalisierung, mit welcher immer die eigentlichen Probleme verschleiert werden. Er wusste es, er hätte es wissen müssen, er wusste es, aber da es sich tatsächlich um eine Rationalisierung handelte, blieb es in der Unwissenheit seinem Wissen gegenüber verborgen.

Des Nachts ein Verrückter, der den Rest der Zeit über der junge und brillante Doktor Ramón Rendón und auch der liebende Ehemann seiner Frau und der liebevolle Vater seiner Kinder war, fand er immer eine Ausrede, um sich in seinem Büro länger aufzuhalten, im Wohnzimmer, im Bad oder in irgend einem anderen Teil der Wohnung, bis seine Frau sich zurückzog und in seinem Schlafzimmer auf ihn wartete, und er in das Kinderzimmer trat, um seine Kinder zu küssen. Dies tat er immer noch als Ramón Rendón, welcher sich danach zurückzog und Platz machte, um den Besessenen frei zu lassen, der so geduldig gewartet hatte. Die zitternde Hand streckte sich bis zu der Decke aus, unter welcher sich der Körper von Rosa befand, und die jetzt nie wieder ein Nachthemd trug. Die Augen geschlossen, eine dunkle Haut, eine runde Schulter, das dicke schwarze Haar, welches ab und zu Teile der vollen Brust bedeckte und zwischen dem eine dunkle Brustwarze hervorlugte, ein unbestimmter Geruch nach billiger Seife, nach irgend einem Parfüm, nach irgend etwas, was vielleicht ein Desinfektionsmittel war: der Geruch von Rosa. Sie schlief; vielleicht tat sie aber auch nur so, als ob sie schliefe. In einer weiteren Nacht kam die Hand des Besessenen, dem

Gebot des Verrückten gehorchend, bis zu der Schulter von Rosa, und streichelte sie leicht. Sie bewegte sich nicht und öffnete auch nicht die Augen. Der schwere Rhythmus ihres Atems war der gleiche. Im Rücken des Besessenen schliefen die Kinder von Ramón Rendón. Die Hand glitt bis hinunter zur Brust, die Finger mit den Haaren der Schlafenden verschmelzend und die Berührung immer intensiver werden lassend. Die Ängste überwindend, die seine Zähne klappern liessen, einen endlosen Augenblick lang, fern jeder Realität, die nicht von dem Körper von Rosa gebildet wurde, streichelte die Hand die nackte Brust, schob das Haar beiseite, ging hinüber zu der anderen Brust, ohne dass Rosa erwachte oder sich auch nur ein kleines bisschen bewegte. Und plötzlich, erschrocken, brüsk zu sich selber kommend, entfernte Ramón Rendón sich von Rosa und verließ das Zimmer.

Am nächsten Tag schaute Ramón sich Rosa das erste Mal bei Tageslicht an, mit einem verstörend intensiven Bedürfnis danach, dass ihr Gesicht in irgend einer Form eine Antwort auf die Frage gab, die er stellte, ohne sie natürlich auszusprechen, nämlich über ihr Einverständnis der vorherigen Nacht. Aber mit ihrer weißen Uniform, den Grübchen in ihrem jungen Gesicht, dem dicken schwarzen Haar, war Rosa nur das Kindermädchen, und der Abstand war unüberwindlich; dieser gleiche Abstand gab dem Besessenen Zuflucht, die ihm die Gestalt von Ramón Rendón bot. Während der nächsten beiden Abende gingen Laura und Ramón gemeinsam aus und traten gemeinsam in das Zimmer, um ihre Kinder zu sehen, bevor sie sich in ihr Schlafzimmer zurückzogen. Schuldig, offenkundig schuldig, vermied Ramón auch nur den kleinsten Blick zu der Stelle, wo Rosa schlief und richtete ihn auch nicht auf Laura, aber er war auch nicht bei Laura, sondern bei einem fremden Körper ohne Besitzer, während sie miteinander wie immer mit Erfolg schliefen. Trotz der Entfremdung durch ihren Mann war Laura immer noch dieselbe. Wäre es stattdessen möglich, dass Ramón Rendón immer weniger real war oder war es nur so, dass sich die Wirklichkeit geändert hatte? War das nicht ein und dasselbe? Bestimmt unsere Lust uns oder bestimmen wir unsere Gelüste? Ramón Rendón war jetzt kein interessanter Fall mehr für ihn selber, sondern eher ein hoffnungsloser; aber wie es immer bei den hoffnungslosen Fällen passiert, war es ihm immer weniger bewusst. Es war so einfach sich zu sagen, dass alles lächerlich war! Aber der Verrückte sagte sich nichts, dachte an nichts, war beraubt jeder Möglichkeit des Denkens, sobald er allein in das Kinderzimmer trat und nun sehr oft, wenn er sich Rosa zuwandte, hatte sie ihre Augen geschlossen, aber die Decken, von denen Ramón geglaubt hatte, sie hätten ihren Körper verdeckt, als er in das Zimmer trat, ließen einen Großteil ihres Körpers sehen. Ramón trat näher und streichelte ihn fest und gierig mit offensichtlicher Absicht, da Rosa nicht weiter so tun konnte, als würde sie schlafen. Und es musste ihr schwer fallen, nur so zu tun, was den Verrückten nur noch mehr erregte. Ramón konnte langsam wahrnehmen, wie der Rhythmus ihrer Atmung sich änderte. Er hörte mehrmals ihr kurzes Stöhnen und, schlussendlich, legte sich ihre Hand auf die von Ramón, als diese ihre Brüste liebkoste. Aber Rosa öffnete ihre Augen nicht und Ramón, schlagartig zurück bei sich selbst, verließ entschlossen das Zimmer: was er soeben jäh erkannte hatte, wie es auch bei den echten Enthüllungen passiert, als eine Form des Wahnsinns, die nichts weiter ist als eine verbohrte Bindung an ein Objekt, welche ihm fremd war und zu welcher er sich nur durch seine erstaunliche Unfähigkeit, sich dies einzuge-stehen, hatte verleiten lassen, würde genau heute Nacht aufhören, in welcher er wieder ganz Herr seines Verstandes und des Bewusstseins war.

Außerhalb des Zimmers dachte er zum ersten Mal mit Schrecken daran, dass Laura ihn hätte entdecken können. Zum ersten Mal spürte er das große Glücksgefühl, welches die Gewissheit mit sich brachte, dass dies glücklicherweise nicht passiert war. Alles stellte sich ihm jetzt wie ein unendlicher Albtraum dar. Wieder ganz bei sich war es Ramón Rendón, der wieder Ramón Rendón war, welcher sich neben seine Frau legte. Aber nachdem sie miteinander geschlafen hatten, wobei er Laura wieder in Laura fand, war es nicht so leicht einzuschlafen. Rosa befand sich in dem anderen Zimmer und die Schwierigkeit befand sich nun in der Erkenntnis, dass nun, nach seiner glücklichen Genesung, er ihr bei Tageslicht gegenübertreten und sie an dem anderen Platz sehen musste, als das Kindermädchen, ohne dass Rosa irgend ein Zeichen zeigen würde, dass sie in ihm den Verrückten sah, den Ramón gerade aus sich selber entfernt hatte. Aber das sollte wohl möglich sein. Nach allem, was geschehen war, war es genau das, wie er Rosa immer bei vielen Gelegenheiten, in unterschiedlichen Momenten und an verschiedenen Stellen in der Erwartung eines Zeichens, welches Rosa nie hatte nach draußen dringen lassen, gesehen hatte. Rosa war nichts weiter als ein schüchternes und bescheidenes Mädchen. Auch wenn dieses Bild vielleicht nicht ganz klar war, glaubte Ramón Rendón sich zu erinnern, wie er sie das erste Mal im Haus gesehen hatte. Diese seltsame Wichtigkeit der ersten Male, bei welcher sich niemand aufhält, da man die Zukunft nicht kennt und, wie Ramón Rendón genau wusste, nur aufgrund dieser Unwissenheit die ereignisreiche Beständigkeit des Lebens, die man aufbaut, möglich ist, die dann in die Vergangenheit zurückkehrt. Ein Teil dieser Vergangenheit, davon war er überzeugt, hatte sich gerade von dem Leben von Ramón Rendón gelöst, um zuzulassen, dass es sein

Leben sei. Aber kann so etwas geschehen? Die Zukunft existiert nicht und die Vergangenheit ist unwiderruflich. Worum es hier ging, war, auf den eigentlichen Sinn zu schauen, so wie Ramón Rendón dachte, dass er es nun tun könne. Rosa war liebevoll zu den Kindern. Sie war respektvoll gegenüber Laura. Sie war reserviert ihm gegenüber. Die Hand, welche sich auf die des Verrückten gelegt hatte, konnte auch nicht die von Rosa gewesen sein. Wie war ihr Verhältnis zu dem anderen Dienstmädchen? In diesem Bereich war es schwer, eine Gewissheit zu erlangen. Und trotzdem musste Rosa mehr Rosa sein, musste spontaner und natürlicher sein, weniger schüchtern und reserviert, wenn sie mit dem anderen Dienstmädchen, mit der gleichen weißen Uniform, zusammen war, weil sich beide dann in dem Bereich bewegten, der ihnen gehörte und, was nur natürlich aus der Sicht der Normalität war, zu welchem Ramón keinen Zugang hatte. Daher musste er mit Schrecken feststellen, dass es zugleich eine andere Rosa gab, deren Charakter er kannte, ohne ihn wirklich zu kennen: die zuließ, dass der Besessene ihren Körper streichelte und über deren erregte Einwilligung Ramón Rendón fast sicher sein konnte. Und dramatischer weise, als er zu diesem Punkt seiner riskanten Reise durch sein Inneres kam, war Ramón Rendón ebenfalls erregt. Rosa war nicht liebevoll mit den Kindern; sie war nicht respektvoll gegenüber Laura; sie war nicht reserviert dem eigentlichen Ramón Rendón gegenüber. Zu seiner Erleichterung und Freude stellte Ramón Rendón fest, dass Rosa ein lüsterner sexueller Dämon war, der sich seiner bemächtigt hatte, der sicherlich aus Boshaftigkeit, die ihm angeboren war, nackt in dem Zimmer der Kinder von Ramón schlief, ein Dämon, der immer nur darauf wartete, dass Ramón bei ihm verweilte, ein Dämon, der einen Weg gefunden hatte, ein verbotenes Bedürfnis in Ramón zu wecken, der im

Halbdunkel des Zimmers, in welchem die Kinder schliefen, und der Finsternis des vorgetäuschten Schlafes nur auf den Augenblick wartete, in welchem er, Ramón Rendón, unterwürfig, fern seiner eigenen Realität, ihm das Vergnügen gab, welches er erwartet hatte und welches die Macht der Gewalt bestätigte, mit der sie, Rosa, die Rosa, an welche er gerade dachte, sich über ihn stülpte. Wie sollte er diesem Dämon am nächsten Tag begegnen? Existierte dieser Dämon wirklich? Die Gestalten vermischten sich erneut. Es war Ramón, der diesem Dämon zu seiner Existenz verhalf. Rosa war das Dienstmädchen, nicht sehr groß, mit dem dicken schwarzen Zopf und den kleinen schwarzen Augen, mit den anderen unscharfen Gesichtszügen für eben diesen Ramón, welche die Kinder in den Park brachte, die ihnen die Speisen servierte und ihnen beim Essen half und die Ramón oft mit den Kindern spielen sah, wenn sie über das Wochenende aus der Stadt hinausfuhren und sie Laura um Erlaubnis bat, einen Augenblick ihre Familie besuchen zu dürfen. Rosa zwischen der wilden Vegetation, die anfing, frei dort zu wachsen, wo der Garten des Wochenendhauses von Ramón aufhörte, und die sich um ihr Haus am Ende der Schlucht schlingen musste. Es war aber auch die, deren Haut Ramón an ihrer runden Schulter berührt hatte und deren dunkle Brustwarzen er erwachen gespürt hatte unter seiner Hand, die, die er stöhnen gehört hatte in demselben Zimmer, in welchem seine Kinder schliefen und die sicherlich immer nur darauf gewartet hatte, dass er in das Zimmer trat. Verschwitzt, sich in dem Bett neben seiner Frau wälzend, seit dieser ganzen Serie von Ungereimtheiten, trotzdem entschlossen, wieder Herr seiner selbst zu werden, inmitten seines brennenden Schlafmangels, schaffte Ramón Rendón es, dieses letzte Bild des lüsternen Dämons verschwinden zu lassen, welches bestimmt seine Einbildungskraft erschaffen hatte, und blieb seinem Vorsatz treu, am nächsten Tag dem Geheimnis, welches Rosa darstellte, gegenüberzutreten. Nur wenn er sie direkt anschauen würde, freimütig, würde der Albtraum sich auflösen.

Es gab kein Geheimnis, und wenn es eines gab, auch wenn Ramón nicht bereit war dies anzuerkennen, da sein beruflicher Werdegang und seine Erfahrung ihm dies sagten, wie alle Geheimnisse war auch dieses undurchdringlich, und sobald er auch nur versuchte, sich ihm zu nähern, wurde es durch seine Eigenschaft als Geheimnis endgültig verschlossen. In Gegenwart der Kinder, schüchtern, bescheiden, liebevoll, respektvoll, reserviert, in ihrer weißen Uniform, anwesend, als würde sie am liebsten unbeachtet bleiben, hob Rosa den Blick, als Ramón sie fragte, welches der beiden Kinder sie mehr mögen würde, und mit einem leichten Lächeln und einem verschmitzten Blick – wohl mit einem leichten Lächeln und einem verschmitzten Blick, aber es war unmöglich zu entscheiden, ob dieses Lächeln und dieser Blick wirklich vorhanden waren oder Ramón sich das nur eingebildet hatte – antwortete sie mit einer jungen und unschuldigen Stimme, dass sie beide mögen würde, dass sie für sie wie eine einzige Person wären, auch wenn sie gleichzeitig so unterschiedlich seien, und nur manchmal würde sie eines dieser Unterschiede mehr mögen wie auch andere, welche sie entdecken könne, die sich in sich ausgleichen würden. Ramón entdeckte die kleinen Grübchen von Rosa, die kleinen Zähne, und gleichzeitig kam ihm die Antwort unendlich lang vor, was ihn ängstigte. Wenn Laura diese Unterhaltung gehört hatte, konnte sie es nicht für normal halten, dass er sich so lange mit dem Dienstmädchen unterhalten hatte. Ramón ging immer in Eile ins Hospital. Zum Glück aber, auch wenn Laura diese Unterhaltung oder zumindest Teile der Unterhaltung gehört hatte, nahm sie diese nicht zur

Kenntnis. Sie verabschiedete sich von ihrem Mann wie immer. Aber auf dem Weg in das Hospital, wo er sich entschlossen und effektiv so vielen schmerzlichen Fällen widmen würde, oft unangenehm und im Allgemeinen hoffnungslos, entschied Ramón Rendón mit einer großen Erleichterung – einer Erleichterung nicht geringer als die, die er erfuhr, als er sich entschied, seine unerklärliche Besessenheit aufzugeben, dass Rosa schuldig war und mehr noch als diese verbotene Erregung, welche ihm diese Schuldgefühle bereiteten, oder vielleicht auch unterstützt durch diese Erregung, wollte er klären, woraus dieses Geheimnis bestand, welches Rosa so stark machte mit Hilfe der Schuld. Dafür war es aber unumgänglich, Rosa, das Kindermädchen, zu ignorieren, und nur an die Rosa zu denken, die vortäuschte zu schlafen, nackt unter den Decken in dem Zimmer seiner Kinder. Ramón wusste nun, dass Rosa noch nicht einmal hübsch war, weder, wenn er sie als Kindermädchen ansah, noch wenn er sie anschaute und es nicht lassen konnte, ihren dunkelhäutigen und gedrungenen Körper zu streicheln, jung und gleichzeitig in diesen Augenblicken ohne Alter, nur eben verfügbar, das Fehlen der Attraktivität durch diese reine Verfügbarkeit ersetzend. Befand sich das Geheimnis der Macht von Rosa in der Kraft, die Ramón auch benutzte? Aber dann gab es kein wirkliches Geheimnis, weil die Kraft niemandem gehörte, es sei denn, im Gegensatz zu Ramón, der die wirklichen Gründe seines Verhaltens nicht entdecken konnte, Rosa kannte und nutzte sie. Rosa, das schüchterne und bescheidene Kindermädchen der Kinder Ramóns. Das war unmöglich. Man musste darüber hinaus gehen. Wenn es eine andere Rosa gab, musste Ramón es schaffen, sie von außen sehen zu können.

Bevor er sein Büro verließ, um den morgendlichen Rundgang durch die Krankenstation zu machen, umgeben von Studenten, die aufmerksam und manchmal erstaunt zuhörten und fast ehrfürchtig seinen weisen Schlussfolgerungen und seinen entschlossenen Entscheidungen folgten, ging Ramón Rendón die ganze Situation nochmals durch. Erster Punkt: Er kannte sich selbst und hatte gelernt, Herr seiner eigenen mentalen Fähigkeiten zu sein. Zweiter Punkt: Er war mit seinem Leben sehr zufrieden. Dritter Punkt: Er war ein guter Ehemann, ohne große Kraftanstrengung, nur durch den einfachen aber starken Grund, weil er seine Frau liebte. Vierter Punkt: Seine zwei Kinder waren das natürliche Ergebnis der Liebe zwischen ihm und seiner Frau. Fünfter Punkt: Diese Ansammlung von Fakten bildeten sogar den klinischen Unterbau für das, was man als ein normales Leben bezeichnen konnte. Sechster Punkt: Aufgrund all dieser Überlegungen gab es keinen Grund, sich zu Rosa hingezogen zu fühlen, und wenn er an Rosa dachte, konnte er sich auch bestätigen, dies nicht zu fühlen. An diesem Punkt löste sich die vernünftige Überprüfung auf. Er fühlte sich zu Rosa nicht hingezogen. Was also suchte er in ihr, wenn er in das Kinderzimmer trat? Die Überprüfung ging weiter. Ramón musste es akzeptieren: Siebter Punkt: Ich muss abartig sein, ein Kranker. Aber es war nicht leicht, dies zu akzeptieren, genau weil es nicht vernünftig war. Das Eingeständnis seiner Abartigkeit von Seiten Ramóns war keine Antwort und brachte auch keine Lösung mit sich. Wenn alle sechs Punkte vorher stimmten, wie konnten sie dann in dem siebten gipfeln? Unmöglich. Aber sollte es denn gar möglich sein, nur etwas abartig zu sein, wenn man bereit ist, zu akzeptieren so zu sein, wenn die Normalität unverzichtbar für die Anomalie ist, wenn der siebte Punkt nur vorhanden sein konnte aufgrund der sechs vorher gehenden? Ramón kam an seine Grenzen und war der Verzweiflung nahe, als er versuchte herauszubekommen, in welchem Moment seine Überlegung vom Kurs abkam und sich mit der Unwahrheit verunreinigte. Die einzige Möglichkeit war, alle weiteren Punkte auszuklammern und sich nur an den ersten Punkt zu halten, noch nicht einmal nur an den ersten, sondern an den zweiten Teil des ersten Punktes. Einverstanden. Er kannte sich nicht selbst. Das war nicht ungewöhnlich oder gar alarmierend. Ramón konnte sich eingestehen, das eigentlich niemand sich selbst kannte. Er selber hatte viele Male die Theorie vertreten, dass es unmöglich ist, bis auf den Grund des menschlichen Verstandes vorzudringen. Die medizinische Antwort auf die Undurchdringlichkeit war, auf ihn einzuwirken, die Ergebnisse zu beobachten und zu versuchen, partielle Schlussfolgerungen daraus zu ziehen. Deswegen war der zweite Teil des ersten Punktes wahr: Er war Herr seiner eigenen mentalen Fähigkeiten. Sollte er alleine in das Kinderzimmer gehen, würde er ab sofort nicht mehr zu dem Schlafsofa herüberschauen, wo Rosa so tat, als ob sie schliefe. Wenn man zu keiner rationellen Antwort gegenüber irgend einer Situation gelangt, ist es am Besten einzugestehen, dass sie uns übertrifft und zu versuchen, diese zu vermeiden. Für einen Mann ist die Angst eine legitime Notwehr. Und von ihr ausgehend kann man anfangen, vorsichtige Schritte in Richtung einer Lösung zu gehen, die beständiger ist.

Trotzdem erwies sich sogar diese Teilentscheidung als nicht durchführbar. Am selben Tag, nachdem er nach einer harten Schicht nach Hause kam, die dramatischen Probleme wie immer hinter sich lassend, welche er immer auf so eine gesunde Weise vergaß, sobald er seine Arbeit verließ, lud Ramón Rendón seine Frau zum Essen ein, wartete aber im Wohnzimmer, bis Rosa, gekleidet in ihre weiße Uniform, in das Zimmer ging, in welchem die Kinder schliefen. Diese Nacht wollte er nicht alleine in dieses Zimmer gehen. Die Entscheidung rief eine Reihe von alten

Fragen wieder auf. In welchem Moment entkleidete sich Rosa? Wo ließ sie ihre Uniform? Wo nahm sie das Nachthemd her, wenn sie sich entschloss, dieses zu tragen? Es war verrückt, sich all das wieder zu fragen. Der Herr des Hauses sollte sich mit diesen Dingen nicht aufhalten. Trotzdem lag es auch auf der Hand, dass genau deswegen, weil man sich damit nicht aufhält, danach die anderen Dinge passieren. Wie auch immer, was auch immer die Antwort war, ob es ihn etwas anging oder nicht, er war Herr seiner mentalen Fähigkeiten. Die Kinder schliefen noch nicht, als er und seine Frau zum Essen ausgingen. Rosa sprach mit ihnen, nachdem sie ihnen etwas zu Essen zubereitet hatte. Bevor sie gingen, riet Laura ihr auf natürliche und vertraute Weise, den Kindern nicht allzu lange zu erlauben, noch wach zu bleiben. Einige Schritte hinter ihr beobachtete Ramón die Szene. Rosa war das Kindermädchen. Als solche war sie nichts weiter als ein fast unwichtiger Teil des Zuhauses von Ramón. Aber als er das Zimmer verließ, fragte Ramón sich bereits, ob es tatsächlich so gewesen war, das Rosa ihn einen Augenblick angestarrt hatte. Diese Art von Fragen sollten auch ausgemerzt werden. Damit sie verschwinden, war es notwendig, den Verrückten in Vergessenheit zu bringen, der ohne Zweifel keine reale Existenz hatte, wenn Ramón sich weigerte, sie ihm zu geben.

Ramón und Laura aßen zu Abend in einem Restaurant, welches ihnen beiden gefiel und welches sie regelmäßig allen anderen gegenüber bevorzugten. Dort trafen sie einige Bekannte und setzen sich zu ihnen an den Tisch. Danach gingen sie zurück nach Hause. Sie traten in das Zimmer ihrer Kinder und küssten sie mit der gleichen Vorsicht wie immer, um sie nicht zu wecken. Das Leben lief seinen gewohnten Gang. Dennoch, bereits im Bett, fragte Ramón seine Frau, ob sie sich an die Freunde erinnern könne, die so erstaunt darüber gewesen waren, dass die Kinder zusammen mit dem Kindermädchen schliefen. Sie antwortete lächelnd. Ihre fixe Idee sei schon lange verschwunden, sagte sie zu ihrem Mann, liebevoll seine Sprache nachahmend. Danach schliefen sie miteinander. Laura schlief danach sofort ein und für Ramón begann die Folter. Seine mentalen Fähigkeiten betrogen ihn, seine Gedanken schweiften in Bereiche ab, die er nicht aufsuchen wollte. Schließlich, vielleicht nach ein paar Stunden, vielleicht aber auch nur nach ein paar Minuten, letztendlich nach einem unbestimmten Zeitraum, stand er im Schlafanzug aus dem Bett auf, barfuß und ohne sich den Morgenmantel überzuziehen, und verließ das Zimmer, welches er mit Laura teilte. Er schloss vorsichtig die Tür. Er ging ein paar Schritte über den Flur. Die Tür zum Kinderzimmer war wie immer etwas geöffnet. Ramón trat ein. Die Kinder schliefen. Die Atmung von Rosa war gleichmäßig. Ramón hob die Decken auf, welche ihren Körper bedeckten, Stück für Stück, sehr langsam, ohne wirklich mehr als ihre Brust zu entblößen, erstickt von der Aufregung über die Feststellung der Nacktheit von Rosa. Seine zitternde Hand streichelte ihre Schulter und anschließend ihre Brust. Aber dieses Mal, aller seiner mentalen Fähigkeiten komplett beraubt, ging Ramón viel weiter. Er beugte sich hinunter ans Ohr von Rosa und, seinen Mund direkt an diesem, fragte er sie, ob sie wach sei. Sie nickte mit dem Kopf. Ramón bat sie, mit seinen Lippen an ihrem Ohr, sie möge ihre Augen öffnen, und küsste sie, während er zu ihr sprach. Rosa gehorchte. Sie sahen sich an. Leise nahm Ramón ihre Hand und zog sie nach vorne, um sie dazu zu bewegen, von dem Schlafsofa aufzustehen.

In dem Zimmer steht Rosa jetzt auf den Füßen und nackt vor Ramón. Ihre Hand hat er nicht losgelassen. Er bringt sie dazu, dass sie ihm aus dem Zimmer folgt. Sie gehen in das

Wohnzimmer. Ramón legt Rosa auf das Sofa. Er betrachtet ihren nackten Körper. Das schließt ein Versprechen mit ein, in welchem sich all das Vergnügen vereint. Uneingeschränkt: Rosas nackter und verschlossener Körper, auch wenn sie jetzt ihre Augen geöffnet hat und schweigend Ramón anstarrt. Blind von der Fülle der Betrachtung, dessen Gegenstand die Begierde widersprüchlich hebt und senkt, sich von seinem senkenden Charakter ernährend und ihn hebend durch die Ernährung von ihm, nimmt der Verrückte, der den Körper von Ramón Rendón enteignet und ihn seiner mentalen Freiheit beraubt, erneut die Hand von Rosa, lässt sie sich erheben und führt sie in die Küche. Er schließt die Tür hinter ihr. Er bringt Rosa dazu, sich auf den Boden zu legen, zieht sich selber aus und kniet sich neben sie. Es ist die Hand von Rosa, die sich nun in Richtung seines Körpers streckt.

Sie liebten sich, ohne dass Ramón, der sich normalerweise in diesen Momenten so sehr im Griff hat und deswegen ein so guter Liebhaber für seine Frau ist, merkte, was er da eigentlich tat, vollständig verloren in den Gefühlen, die ihn übermannten sowie durch ein heftiges Bedürfnis, diesen Körper endlich zu besitzen, den er so lange betrachtet und ab und zu gestreichelt hatte. Rosa behielt ihre Arme ausgestreckt an ihrem Körper, ohne Ramón zu umarmen, in einer für ihn wunderbaren Unterwürfigkeit, die ihm alle Rechte abtrat, während der Verrückte in sie eindrang; er bewegte sich kräftig hin und her, bedeckte eine Brust mit dem Haar, versuchte, an ihr zu saugen, biss sie in die Brustwarze, welches ihr einen leisen Schrei des Schmerzes entlockte und hörte sie trotzdem sagen, dass er es kräftiger machen solle, bis die Hände von Rosa seinen Rücken drückten und Ramón, endlich wieder leicht bei Besinnung, auf Rosa liegend auf dem Fußboden der Küche, sich selber wiederfand, schwer atmend mit dem

Mund an ihrem Hals, ihrem Haar auf seinem Gesicht, und spürte, wie die Atmung von Rosa langsam auch wieder einen regelmäßigeren Rhythmus bekam. Alsdann, mit Ramón immer noch auf Rosa liegend, fingen sie an sich zu unterhalten. Rosa zog sich in dem Zimmer der Kinder von Ramón aus. Er hatte bestimmt gesehen, dass sie die Uniform am Fuße des Schlafsofas liegen ließ. Sie hatte angefangen, sich das Nachthemd auszuziehen, als sie bemerkt hatte, das Ramón oft alleine in das Zimmer kam. Aber er hatte sie immer noch nicht beachtet. Rosa hatte sich fast immer selbst befriedigt, sobald er das Zimmer verließ. Dann hatte er angefangen, sie zu betrachten. Danach hatte er sie berührt. Aber er hatte nicht mit ihr gesprochen. Rosa musste sich weiter selbst befriedigen, wenn er das Zimmer verließ. Sie hatte bereits mit einigen Jungs aus dem Dorf geschlafen. Sie tat dies auch manchmal an ihren freien Tagen. Aber das, was sie sich wünschte, war, das Ramón mit ihr schlief. Ramón hörte sie ihn duzen. Wenn das ihr Wunsch gewesen war, mit ihm zu schlafen, dann hatte sie das erreicht, und nun wollte er es wieder tun. Diesmal umarmte Rosa ihn von Beginn an, sie nannte ihn mehrmals „mein Liebster" und sagte „fester, fester", als Ramón in ihre Brustwarze biss, biss ihn auf die Lippen und unterbrach sein Stöhnen und Seufzen mit einem Schrei, als sie kam. Danach, auf dem Boden der Küche, was blieb Ramón noch zu sagen? Er gestand Rosa, dass er sich nicht imstande sah, ihr irgend etwas zu erklären. Seine Stimme musste eine sehr große Schutzlosigkeit ausdrücken. Aber Rosa war da, um ihn zu beschützen. Sie nannte ihn nochmals „mein Liebster", streichelte sein Haar und schlug vor, sich wieder anzuziehen und in ihre Zimmer zurückzukehren. Es war Ramón, der Rosa folgte, als sie nackt das Wohnzimmer durchquerte und über den Flur lief. An der Tür zum Kinderzimmer angelangt, flüsterte sie, dass sie in der nächsten Nacht auf ihn warten würde.

Alleine, im Schlafanzug, vor der Tür des Zimmers seiner Kinder, spürte Ramón Rendón eine erschreckende Erniedrigung und eine fürchterliche Scham. Es war unmöglich, sich in demjenigen wiederzufinden, mit dem Rosa so vertraut sprach und noch weniger in dem, der sie so vollkommen gewollt hatte. Er trat in sein Zimmer. In seinem Bett, neben seiner Frau, fürchtete er, dass, wenn sie aufwachen würde, sie den Geruch von Rosa am Körper ihres Mannes wiedererkennen würde. Es war kein angenehmer Geruch, aber er weckte erneut die Begierde in Ramón, und diese Begierde verscheuchte jedwedes Gefühle von Erniedrigung oder Scham. Ramón fühlte sich nur müde und gleichzeitig lebendig durch die Erinnerung an Rosa. Er freute sich, an sie denken zu können, neben seiner Frau liegend, und bevor er sich in die Vergessenheit des Schlafes verlor, hatte er noch Zeit, sich zu fragen, ohne irgend eine Notwendigkeit zu spüren, sich dies auch sofort zu beantworten, wie wohl sein Leben von jetzt an aussehen würde. Im Schlaf, wie alle Welt weiß, und Ramón Rendón wußte es besser als keiner, lässt das Reich des Irrationalen unseren Geist sich in Bereichen herumtreiben, wo nur die Begierde herrscht, welche alle Formen der Verkleidung annimmt, um ihre wahre Herkunft zu verschleiern, tritt dann im Wachzustand auf oder bleibt in den Träumen, und ohne eine anderes Reich als das der Begierde, auch im Wachzustand, ist man dann wahnsinnig. Aber die Wahnsinnigen wissen nicht, dass sie wahnsinnig sind. Die klinische Erfahrung von Ramón auf diesem Gebiet war umfangreich. Die Blicke, die Schreie, die unsinnigen Handlungen, verwirrend für Gemüter, die weniger stark waren als seines, mit welchen einige der Kranken ihren Schmerz oder ihr Entsetzen zeigten, waren nichts weiter als Gesten losgelöst von dem Willen und ohne eine Bedeutung für die Kranken selbst.

Nichtsdestotrotz, als er erwachte und die Welt der Träume mit einer verdächtigen Vergesslichkeit darüber verließ, was er geträumt hatte, musste Ramón Rendón sich eingestehen, dass sein Eintauchen in den Wachzustand so schien, als wäre es nichts anderes als die Fortsetzung eines Albtraums. Immer noch im Bett, lehnte er sofort diese krankhafte Vorstellung ab. Er hatte nichts weiter getan, als in eine der unzähligen Fallen zu geraten, die einem das Leben stellt. Das war es, was letzte Nacht passiert war. Es gab keinen Zweifel und das einzige, was er zu tun hatte war, dieser Falle zu entfliehen. Aber als er sich wieder daran erinnerte, was letzte Nacht passiert war, geriet Ramón Rendón wieder in die Falle der Begierde. Laura lag neben ihm, und er dachte an den dunkelhäutigen und gedrungenen nackten Körper von Rosa, wie diese die Lust empfing, die er ihr gab, wie sie ihm auch gestanden hatte, dass sie sich das so vorgestellt hatte, und sie ihm dafür eine Lust mit so einer Intensität bereitete, auch noch in der Erinnerung, dass sich seine Welt im Wachzustand verformte. Dadurch verstand Ramón, gewöhnt daran, schnelle Entscheidungen zu treffen, dass der Weg, die Selbstkontrolle über die Welt des Wachzustandes zu behalten, war, sich dieser Begierde hinzugeben, auch wenn, zumindest in diesem Moment, diese Begierde seinen Charakter umzudrehen schien.

Aber auch das stellte sich nicht als eben leicht heraus. Ramón Rendón war immer ein anständiger Mensch gewesen. Ein doppeltes Leben führen beruhigte ihn nicht, sondern führte nur dazu, dass er sich ständig selbst mit purer Angst beobachtete. Währenddessen hütete Rosa am Tage die Kinder, schüchtern und bescheiden, was es unmöglich machte, in ihr das unersättliche Monster der Sinnlichkeit wiederzuerkennen, welches Ramón Rendón in den Nächten gefangen hielt. Aber die Kraft der Befriedigung durch dieses Monster war unermesslich. In der Nacht umkreiste er sie, und sie gehörte zur Nacht. Sie machte Träume lebendig und greifbar, die Ramón sich niemals hatte erträumen lassen, erschuf neue Träume, eröffnete verschiedene Möglichkeiten. Von ihr in den Tag hineinzukommen war wie die Fähigkeit zu schaffen, ihn auf eine Art zu erleben, die mehr Befriedigung brachte als verformt zu werden durch die Intensität der heimlichen Schuld in Ramón. Und diese Schuld hatte den gleichen Charakter wie die schuldhafte Begierde von Rosa und er brachte sie auch mit Rosa in Zusammenhang, mit dem einzigen Unterschied, der für Ramón unmöglich zu bemerken war, dass sie für Rosa keine Schuld darstellte, sondern die unerwartete aber mögliche Befriedigung des Unmöglichen, welche sie vorher durch die einfache Abhilfe der Selbstbefriedigung erreicht hatte, wie wenn Ramón, in einer entfernten und unerreichbaren Vergangenheit, sich damit zufrieden gegeben hätte, Rosa in Laura zu sehen.

Trotz seiner in Wahrheit unerklärlichen anfänglichen Zuversicht, mit welcher er sie beherrschen wollte, damit sie in diesem Moment seinen Befehlen gehorchte, gestand Ramón Rendón sich manchmal die Beunruhigung gegenüber dem Verlangen ein, dieser Person zu folgen, in welcher er sich nicht wiedererkannte, und diese Unruhe steigerte sich bis zur Panik, als er anfing, seine Pflichten im Hospital am Vormittag oder am Nachmittag liegen zu lassen, um zu versuchen, heimlich zu Rosa zu kommen, und sie auch dazu brachte, ihre Arbeit zu verlassen und die Kinder von Ramón in der Obhut des anderen Dienstmädchens zu lassen, um sie in ein Hotel mitzunehmen. Das war nicht immer leicht. Die eigenen Kinder von Ramón bildeten das größte Hindernis zwischen ihm und seiner Begierde. Oft musste er sich von seinem Vorhaben verabschieden. Dann schob er den eigentlichen Grund des Hindernisses beiseite und fühlte nur einen erbarmungslosen und schrecklichen Hass gegen die Realität auf der Welt im Allgemeinen. Trotzdem, ohne fähig zu sein, sich mit seinen eigenen Gefühlen auseinander zu setzen, versuchte er gegenüber sich selbst, bei seinem ursprünglichen Vorhaben zu bleiben. Eine abgelenkte Leidenschaft verschwindet nur, wenn sie gänzlich befriedigt wird, wodurch man zu dem Schluss kommen kann, das sie eigentlich keinen Sinn gemacht hat und auch nicht glaubwürdig das eigentliche Opfer dieser Leidenschaft hätte befriedigen können. Ramón Rendón wusste schon immer, dass die Freiheit darin bestand, was nur die Gesundheit liefern kann, eine Gesundheit, die nur dann kraftvoll ist, wenn es sich um eine Gesundheit handelt, zu der man kommt, nachdem man die Krankheit kennen gelernt und sich ihren Abgründen gestellt hat. Aber es schien keine Möglichkeit zu geben, diese Befriedigung zu erreichen, da es unmöglich war zu spüren, woraus sie bestehen könnte. Mitten in seiner anerkannten Klarheit und seiner, trotz allem, ununterbrochenen praktischen Tätigkeit, auf eine verdächtige Weise, hatte Ramón Rendón sich nicht damit aufgehalten, diesen Aspekt des Problems zu analysieren. Seine Beziehung zu Rosa öffentlich zu machen war unmöglich. Diese Beziehung im Verborgenen zu lassen, in welcher Rosa tatsächlich niemals die gleiche Rosa war und keine Beschreibung fand, würde diese Befriedigung sich immer weiter entfernen lassen.

Eines nachmittags, in einem der schäbigen Stundenhotels, in welchem er sich plötzlich neben Rosa liegend wiederfand, bat sie Ramón, dass er sich seinen Bart wieder stehen lassen möge, damit sie ihn wieder so sehen könne, wie sie ihn kennen gelernt hatte. Es bereitete ihm Freude, die gleiche Unterwürfigkeit zu spüren, wie er sie an Rosa ausmachte, und Ramón Rendón war sofort einverstanden. Aber später, als er alleine war, sobald der unterwürfige

Körper von Rosa nicht mehr an seiner Seite war, stellte Ramón fest, dass diese einfache Handlung eine viel schlimmere Bedeutung hatte als die eigentliche Bereitschaft, die naive Lust und Laune seiner Geliebten zufriedenzustellen. Seine Geliebte, die das Kindermädchen seiner eigenen Kinder war, dachte Ramón wieder und wieder. Und nun gab es eine Intimität, eine Beziehung, eine Mittäterschaft zwischen ihnen, die Ramón mit einer totalen Natürlichkeit hinnahm, solange sie an seiner Seite war, die aber, aus der Entfernung, Rosa unerträglich real werden ließ, die die heimliche Rosa als das Objekt einer verbotenen Begierde mit der Rosa identifizierte, die in der Wohnung von Ramón verkehrte, wenn sie seine Kinder hütete und ihn dagegen jeden Realitätsbezug verlieren ließ, wenn er sich ihren Launen unterwarf.

Trotzdem tat er es. Ramón Rendón, der sich den Bart stehen ließ, um ein professionelleres Flair im engeren Umkreis der Wissenschaft zu erlangen, erlaubte sich selber, dies zu tun, um eine Bitte seines Dienstmädchens zu erfüllen. Das war nicht akzeptabel und wollte nicht aufhören, so zu sein. Seine Gereiztheit, als er Laura antwortete, dass er sich tatsächlich wieder den Bart stehen lassen würde, und diesmal gäbe es keinen anderer Grund und er würde es nur aus einer Laune heraus tun, erschreckte ihn selbst. Die Erkenntnis, dass Rosa den Bart mit einer heimlichen Zufriedenheit wachsen sah, weil er es nur tat, um ihr gefällig zu sein, jagte im genauso Furcht ein, aber diese Furcht wurde begleitet von einem dunklen Nervenkitzel der Lust gegenüber seiner Unterwürfigkeit. Jetzt täuschte er keine Ernsthaftigkeit eines Wissenschaftlers mit einer für ihn selbst belustigenden Oberflächlichkeit vor; er benutzte mit absoluter Ernsthaftigkeit die geheime Sprache der Leidenschaft, um seinem Dienstmädchen gefällig zu sein. In der Nacht in der Küche, am Tag in irgendeinem Hotel, wenn dies möglich war und die Frustration nicht den Wunsch erhöhte, der in der Nacht in der Küche explodierte, ließ Rosa ihre kleinen Hände über die Wangen mit dem immer mehr vorstehenden Barthaaren von Ramón gleiten. Vorher, eine der Nächte vor dem unschuldigen Auftauchen von Rosa, hatte Laura sich über den Kontakt mit diesen Wangen beschwert. Und in dieser fernen Epoche lachten auch die Kinder von Ramón, wenn sie ihn küssten und die neue Wesensart im Gesicht ihres Vaters entdeckten. Danach nahm der Bart seine ordnungsgemäße Form an. Im Hospital war Ramón Rendón wieder der junge Psychiater mit Bart, der den von Sigmund Freud heraufbeschwörte; aber wenn er sich im Spiegel ansah, dachte er nicht an den großen Meister, dessen Entdeckungen drohten von der Chemie zurückgelassen zu werden, sondern an die erschreckende Möglichkeit, vom Arzt zum Patienten zu werden. Aber warum sollte sein Fall ein krankhafter sein? Es gab für ihn keinen Grund, dies so zu sehen. Er empfand für Rosa eine Leidenschaft, die vielleicht aus Sicht der normalen Gesellschaft, die errichtet worden war, um eine gewisse soziale Organisationsform zu wahren, etwas abwegig war; aber er musste sich nur Rosa zuwenden, um zu bestätigen, was selbst Freud und viele andere bereits gesagt hatten, dachte Ramón inzwischen, dass diese Form keine absolute sondern nur eine relative war. Das Problem bestand in seinem unbewussten Widerstand, die Sichtweise von Rosa anzunehmen, weil dies zu tun bedeuten würde, das eigene Leben im Namen von etwas oder jemandem ganz aufzugeben, dessen Wahrheit sein Über-Ich nicht willens war anzuerkennen.

Jetzt, mit Bart, so wie es Rosa gewollt hatte, begleitete Ramón Rendón sie, um ihre Familie kennenzulernen. Es war ihm zum Lachen zumute, wenn er daran dachte, zu dieser Welt zu gehören oder diese Welt in die seine mitzunehmen.

Die Lösung dieses Konfliktes war eine andere: Für Rosa gab es keinen Grund, ihren angestammten Platz zu verlassen und er musste das in Bezug auf seinen auch nicht tun. Die Erkenntnis über die Kraft und die Wichtigkeit des Geschlechts bei der Gestaltung der Persönlichkeit sollte dabei behilflich sein, ihn in seinem Bereich zu belassen, wo er hingehörte. Ramón Rendón kam zu einer anderen trügerischen Entscheidung. Es sollte nicht unmöglich sein, sich von Rosa loszureißen. Jedes sexuelle Objekt ist austauschbar durch eben diese Eigenschaft des Objektes. Rosa verlor sich mit ihren Händen in dem Bart von Ramón, als er ihr eines Nachmittags verkündete, während er neben ihrem dunkelhäutigen Körper lag, dessen Geruch ihn immer gestört hatte oder dessen Geruch, besser gesagt, immer eine kraftvolle Strömung der Kenntnis seiner eigenen Entwürdigung geweckt hatte, die die Lust nur noch steigerte, dass sie sich nicht weiter sehen sollten. Rosa schaute ihn mit ihren etwas vulgären und ausdruckslosen Gesichtszügen und ihren kleinen schwarzen Augen an. Das Haar, noch schwärzer als sonst, bedeckte fast gänzlich eine ihrer Brüste. Nachdem er fertig gesprochen hatte, ohne dass Rosa irgend etwas anderes tat als ihm zuzuhören, machte Ramón Rendón eine Bewegung, die sofort seine Lust weckte: er streichelte die Brust mit dem Haar, welches diese teilweise verdeckte. Ohne irgend einen Widerstand erlaubte Rosa ihm, nochmals mir ihr zu schlafen. Danach, so wie er es immer tat, wenn sie in irgend ein Hotel gingen, setzte Ramón Rendón sie ein paar Blöcke von dem Haus entfernt ab. Bevor sie aus dem Auto stieg und zu seinem Erstaunen, da sie sonst sich nie Ramón näherte, wenn sie auf der Straße waren, streichelte Rosa kurz seinen Bart und gab ihm einen flüchtigen Kuss.

Zurück bei seiner Arbeit und allein in seinem Büro, nachdem er den letzten Rundgang über die Krankenstation gemacht hatte, überlegte Ramón, was es ihn wirklich kosten würde aufzuhören, Rosa weiter zu benutzen. Wäre er fähig, sie durch die Wohnung gehen zu sehen, ohne sich mit ihr abzugeben, wie es vorher geschehen war, bevor sie anfingen sich zu treffen? Die Anerkennung der Belohnung, die er durch Rosa bekam, war ein reiner Widerspruch. Rosa existierte nicht. Sie war, sie konnte nichts anderes sein als das Produkt einer momentanen Ablenkung, dessen Grund er fähig sein sollte ganz zu erkennen, um sich endgültig von ihr zu befreien. Er spürte eine komische Mischung aus Zärtlichkeit und Erleichterung. Vielleicht war er ein wenig zu egoistisch gewesen, aber jedermann hat die Verpflichtung sich selbst zu schützen, indem er sich von den selbst erschaffenen Geistern befreit. Von diesem Augenblick an konnte er es in Erwägung ziehen und war sich sicher, dass er die Macht, die Rosa über ihn hatte, dank jenem, wohinein er selber sie verwandelt hatte, übernehmen konnte, die jetzt der Vergangenheit angehörte. Es war nur ein kleiner Schatten, in dem die Erinnerung, vielleicht auch ein bisschen später, sogar angenehm sein konnte. Er hörte auf, an Rosa zu denken und widmete sich der Verantwortung, die seine Arbeit mit sich brachte. In den letzten Wochen hatte er sie ein wenig vernachlässigt. Wie unsinnig war es, sich die Gründe einzugestehen, wodurch dies geschehen war! Und trotzdem, sobald er dies tat, kamen die Gefühle wieder hoch, die der Körper von Rosa in ihm weckte, neben ihm und immer gefügig, wie ein verbotener Gegenstand, der ihm ganz gehörte. Er hielt sich nicht damit auf zu erkennen, dass seine eben gefasste Entscheidung seinen Willen auf die Probe stellen würde. Aber das Gefühl des Wohlbefindens war auch sehr groß. Er würde es schon wissen, wie er den ganzen Versuchungen begegnen würde.

Es gab aber keine Notwendigkeit, dies zu tun. Als er nach

Hause zurückkehrte, berichtete Laura ihm, beunruhigt und gleichzeitig verärgert, dass Rosa entschieden hatte, sie noch am gleichen Nachmittag zu verlassen, ohne eine Erklärung abzugeben und ohne ihren Unmut und ihr Erstaunen zu berücksichtigen. Sie hatte nur einfach ihre Sachen gepackt und gesagt, sie würde die Uniform im Zimmer des anderen Dienstmädchens lassen, und war mit dem gleichen Pappkarton gegangen, mit dem sie gekommen war, als Laura sie zu ihnen brachte, ohne sich überhaupt von den Kindern zu verabschieden.

„Das Benehmen dieser Leute ist immer unerklärlich. So als wenn sie zu einer anderen Welt gehörten", sagte Laura zu ihrem Mann.

Ramón Rendón stimmte ihr etwas abwesend zu. Laura wollte von ihm wissen, welches wohl der beste Weg sei, die Kinder über diese plötzliche Flucht eines Kindermädchens, welche sie sicherlich inzwischen lieb gewonnen hatten, zu informieren. Ramón Rendón nahm ihr sofort jede Wichtigkeit dieses Problems. Es war grausam, aber auch wahr, und sein theoretisches Wissen und seine klinische Erfahrung bestätigten dies: Diese Gestalten haben kein Gesicht in den Bereichen der Zuneigung für die Kinder und sind leicht austauschbar mit einem geschmeidigen Rutsch des Unterbewussten, der sie in die nächste Gestalt verwandelt, die ihren Platz einnimmt.

Vielleicht, weil Ramón Rendón kein Kind mehr war, passierte ihm nicht dasselbe. Jetzt erkannte er, dass es von Rosa eine Art Geste des Abschieds von ihm gewesen war. Er spürte eine verheerende Zärtlichkeit, als er sich daran erinnerte und ein Entsetzen und einen Hass gegen sich selber, als er sich eingestehen musste, dass es seine Worte waren, die dies herausgefordert hatten. Aber das war die Art der Schwierigkeiten, denen er sich stellen musste. Das wusste er. Das Problem, das Rosa darstellte, gab es nicht mehr; jetzt musste er nur noch in sein altes Leben zurückkehren, frei von diesem Problem. Während das andere Dienstmädchen in der Zwischenzeit einen Teil der Aufgaben von Rosa übernahm, spürte Ramón Rendón nur eine angenehme Leere, die man auch Gelassenheit nennen könnte.

Wie viele andere Nächte auch, schuldhaft während der letzten Zeit, aber jetzt im Gegenteil, nur um tief im Innern seine gewonnene Freiheit zu spüren, zog er das Lesen eines Buches in die Länge, bevor er sich dem Schlafzimmer zuwandte, in welchem Laura ihn bereits erwarten würde. Davor ging er zu seinen Kindern, um ihnen einen Gute-Nacht-Kuss zu geben. Das andere Dienstmädchen schlief auf dem Schlafsofa, welches noch die Nacht zuvor Rosa benutzt hatte. Ramón Rendón schaute wieder hin. Er spürte ein erschreckendes Gefühl des Zorns gegen sich selber gegenüber der Unmöglichkeit, die Begierde, die ihn überkam, zu befriedigen. Rosa war Rosa. Während einiger Monate hatte er im Paradies gelebt und sie hatte sich freiwillig von ihm vertreiben lassen. Die Geste, die er das allererste mal gemacht hatte, um den Körper von Rosa zu entdecken, war keine instinktive Geste gewesen und er hatte niemals über ihre Wichtigkeit nachgedacht; es war eine von Rosa provoziert Geste, voll des Gefühls der Gegenwart von Rosa, die Prüfung des eingeschlossenen Versprechens mit eingeschlossen. Es sind also die Anderen, welche den Sinn unserer Gesten bestimmen. Ramón Rendón verließ das Zimmer voll der Verachtung für sich selber, erschreckend verletzt gegenüber dem Unverständnis von Rosa, wild über die Erkenntnis, dass die Macht, von der er sich hatte verleiten lassen, sich außerhalb von ihm befand und ihn nicht wie ein Produkt eines bloßen Zufalls sondern wie die Handlung eines konkreten Willens übermannt hatte. Rosa hatte ihn benutzt und Rosa hatte ihn nun teilweise durch seine Schuld verlassen, aber vor allem aus eigenem Willen. Er verspürte ein schmerzliches Bedürfnis, nochmals die Möglichkeit der Erniedrigung und der Schuld zu haben, die Rosa eröffnete und welche eine Form eines ganz konkreten Bedürfnisses nach ihrem Körper hatte, mit seinem speziellen Geruch sowie der Verbindung zwischen ihrem Haar und der Form ihrer Brüste. Die Begierde zerstreute alle Möglichkeiten eines Gleichgewichts. Es konnte nicht er, Ramón Rendón sein, der immer und immer wieder zu sich sagte „Rosa, Rosa". Und sie war kein kleiner Schatten. Sie war eine enorme Dunkelheit, in welcher Ramón Rendón sich verlieren wollte. Aber die Mittel des menschlichen Verstandes sind fast unerschöpflich. Die Begierde ist eine rein instinktive Macht. Es reichte, einfach zurück zu gehen, um zu ihrer Gestalt ohne Gesicht zu gelangen. Ramón Rendón nahm zwei Beruhigungsmittel und trat in sein Schlafzimmer. Selbstverständlich, wie es allen Menschen ergeht, war er fähig, Laura durch Rosa zu ersetzen, während die Zuckungen der Begierde befriedigt wurden. Und dann? Es war unerträglich neben Laura zu liegen. Es war unzumutbar, sie anstatt Rosa genommen zu haben. Rosa war anders und es gab keine Zweifel ihrer Überlegenheit. Und dann musste er aufwachen, ohne sicher zu sein geschlafen zu haben, und dem Tag entgegentreten, ohne weiterhin der Liebhaber von Rosa zu sein, ohne die genüssliche Möglichkeit der Erniedrigung seiner absoluten Hingabe ihr gegenüber zu haben, wissend, dass er selber diese Unmöglichkeit geschaffen hatte, dass diese Möglichkeit bestünde.

Über zwei Tage hinweg entwickelte Ramón Rendón Fantasien darüber, wie sein Leben mit Rosa hätte sein können: Ein verbotenes Paradies, in welchem die kürzliche Anziehungskraft von Rosa war, dass er sie lauter anormalen Erfahrungen unterziehen konnte, ohne irgend eine Schuld zu spüren, sondern nur pure Lust. Vielleicht war dies immer die Macht von Rosa gewesen. Aber es half nichts, dies sich jetzt einzugestehen, da diese Macht ihr gehörte und sie nicht mehr da war. Am dritten Tag entschied Ramón Rendón, dass die Lösung, um sein dringendes Bedürfnis, Rosa zu besitzen, zu befriedigen, sehr einfach war. Er würde sie in ihrem Zuhause suchen und sie zu seiner Geliebten machen. Daraufhin entwickelte er neue Fantasien über die Art, die dieses doppelte Leben haben würde und in welchem in einem Teil Rosa zu seiner unendlichen Verfügung stehen würde und er dank dieses Hilfsmittels zusätzlich wieder das in dem anderen Teil werden konnte, was er mal gewesen war. Rosa, mit ihrer weißen Uniform, auch wenn sie jetzt die Dame des Apartments sein würde, welches er ihr zur Verfügung stellen würde, immer gefügig und wartend, willig, sich all seinen extravaganten Launen zu unterwerfen, die er sich nun ohne Pause vorstellte. Ein Kitzel der Lust begleitete diese Fantasien. Es war zu dumm, dass er an diese Lösung nicht schon vorher gedacht hatte.

Am nächsten Tag ging er Rosa in ihrem Zuhause suchen, auch er gekleidet mit seinem weißen Doktorkittel, der junge und bärtige Assistent des Direktors der psychiatrischen Abteilung eines angesehenen Institutes. Sie war aber nicht da. Sie war nicht zurückgekehrt. Der Bruder, der ihm die Tür öffnete, wusste noch nicht einmal, dass sie ihre Arbeit aufgegeben hatte. Seine Ängste und rationalen Bedenken überwindend, verhörte Ramón die Hausmeister seines Wochenendhauses, seine Anwesenheit mit dem Vorwand begründend, dass er seine Frau überraschen wollte, indem er Rosa zurückgewinnen wolle, die so intelligent, zärtlich, gehorsam, und gut mit den Kindern umging, und nicht wünsche, dass sie seiner Frau etwas von diesem Besuch erzählen sollten. Aber die Hausmeister konnten ihm auch nichts Näheres sagen. Sie versprachen ihm nur, Nachforschungen anzustellen. Ramón Rendón ging zurück in das Hospital und versuchte sich selbst davon zu überzeugen, das er sich beruhigt hatte. Es blieb ihm nichts anderes übrig als abzuwarten. Rosa musste irgendwann auftauchen. Bis dahin, zu Anfang, entwickelte er Fantasien, die jedes Mal extremer wurden und die er in einer anderen Epoche als geradezu dement eingestuft hätte, über ihr sicheres Zusammentreffen und wie sein Leben ab diesem Moment aussehen würde. Rosa immer halbnackt oder ganz nackt in dem Apartment, welches er für sie erworben hätte. Sie würden auf den Fußböden der verschiedenen Zimmer miteinander schlafen. Sie würde die Tür genauso nackt oder halbnackt öffnen, wenn Ramón klingelte. Sie würde unanständig lachen, wenn Ramón anmerken würde, dass es auch jemand anderes hätte sein können, der an der Tür geklingelt hätte. Sie würde versichern, dass sie nur auf Ramón warten würde, und Ramón würde denken, dass dies nicht wahr wäre und sie deswegen nur noch mehr begehren. Die Zärtlichkeit von Rosa hätte keine Grenzen und würde keine Hürden kennen, und er wäre ihr Herr, würde niemals mehr aufhören, dies zu sein und Rosa könnte sich allen Exzessen hingeben, die sie wünschte, und mit diesen erst recht die Begierden von Ramón belohnen. Seine absolute Sklaverei gäbe ihr eine totale Freiheit, da Rosa, obwohl sie sich ihm gänzlich hingäbe, die eigentliche Herrin des Körpers war, den sie hingab. So war sie in seinem Haus gewesen; aber jetzt war sie nicht mehr da. Und das Stadium der Unwirklichkeit, die diese Fantasien erschufen, machten nur die Notwendigkeit, sie zu finden, noch dringlicher. Rosa hatte ihm erzählt, dass, bevor Ramón mit ihr schlief, sie sich selbst befriedigte, wenn sie sich dies vorstellte. Dieses bequeme Hilfsmittel stand für ein erwachsenes Gehirn wie das von Ramón

Rendón nicht zur Verfügung. Er versuchte es, hatte aber keinen Erfolg. Er ging erneut, um Rosa in ihrem Zuhause zu suchen. Sie war noch nicht zurückgekehrt und der andere Bruder, der Ramón empfing und seine ungeduldigen Fragen beantwortete, wunderte sich nicht über ihr Verschwinden. „Eines Tages wird sie schon zurückkommen. Sie ist bestimmt mit ihrem Freund durchgebrannt oder hat eine andere Arbeit gefunden, die ihr besser gefiel." Wer so über seine Schwester sprach war kein Mann, sondern ein Tier. Gegenüber der schlecht verstellten Wut von Ramón, als er auf seine Fragen bestand, sagte der Bruder plötzlich, dass es ja auch möglich sei, dass Rosa in irgend ein Bordell zum Arbeiten gegangen sei. Er wüsste, dass eine Bekannte ihr das schon mehrmals empfohlen hatte. Ramón verließ das Haus, und auf dem Rückweg stellte er fest, dass der Bruder die Wahrheit gesagt hatte. Rosa konnte nirgends anders sein als in einem Bordell. Zu diesem Bordell zu gehen und mit ihr zu schlafen, nachdem er sie zwischen all den anderen Prostituierten gefunden hatte, und sie danach als seine eigene Prostituierte mitzunehmen, die Prostituierte, die nur ihn bediente, verwandelte sich in seine neue vorherrschende Fantasie. Aber es war unmöglich, einen systematischen Zug durch alle Bordelle des Landes zu beginnen. Er wählte einige zufällig aus, und nach einer Reihe unerfreulicher Besuche dieser Häuser, die in ihm eine tiefe physische und moralische Abneigung weckten, und durch welche es viel lohnender war, sich Rosa dort vorzustellen, stellte er fest, das sein Vorhaben lächerlich war. Es war auch lächerlich, des Nachts einige Straßen der Stadt zu durchstreifen und sie unter den Frauen, die auf Kunden warteten, zu suchen. Trotzdem tat er es. Aber Rosa tauchte nicht auf. Rosa war definitiv verschwunden oder hatte nie existiert. Bei sich zu Hause traute Ramón Rendón sich nicht, ihren Namen zu nennen, und niemand sprach mehr von ihr. Die Bedrohung, die er durch die wachsende Notwendigkeit über sich schweben sah, seitdem er dummerweise entschieden hatte, sich der Unterwerfung unter Rosa zu befreien, nur, um dies definitiv geschehen zu lassen, seitdem er sie verloren hatte, erfüllte sich, als Laura, seine Frau, die Frau seiner Kinder, mit einer für sie unbedeutenden Zufriedenheit und unerträglich für Ramón mitteilte, sie habe ein neues Kindermädchen gefunden. Diese würde am nächsten Tag ins Haus kommen.

Ramón Rendón zweifelte keinen Augenblick. Laura hatte alles von Anfang an gewusst und machte sich jetzt lustig über ihn. Er fing an, die Geschehnisse durchzugehen. Es gab keinen Zweifel. Laura wusste alles. Es war Laura, die Rosa hatte verschwinden lassen, ganz sicher unter der Mittäterschaft der Hausmeister des Wochenendhauses, in welchem sie so viele glückliche Wochenenden mit Rosa immer in Sichtweite verbracht hatten. Dann fragte Ramón sich, ob sein ehemaliger Lehrer, der Direktor des Hospitals, in alles eingeweiht war. Sicherlich. Laura musste sich bei ihm Rat geholt haben. Und der alte Unglückliche behielt es für sich, wie eines seiner unerbittlichen Lehren, wonach man sich immer verstellen musste und nie sagen durfte, was man von dem Patienten hielt. Aber er würde es schon allen zeigen. Er würde sich auch verstellen und in der Zwischenzeit weiter nach Rosa suchen, bis er sie gefunden hatte.

All diese Gedanken, die man vielleicht nicht mehr als Gedanken bezeichnen sollte, wenn es nicht darum ginge aufzuzeigen, dass alles, was Ramón Rendón passierte, die wahre Natur der Gedanken zeigt, kamen am Ende eines einzigen Nachmittages über ihn, als er noch im Hospital war. Am nächsten Tag kam das neue Kindermädchen. Ramón bemerkte es sofort. Es war Rosa. Alle taten so, als würde sie Clara heißen; aber es war Rosa. Der Beweis lag darin, dass seine Kinder von Anfang an Vertrauen zu ihr hatten, welches ein altes Vorwissen bestätigte. Es war Rosa und sie leugneten es nur, um ihn auf die Probe zu stellen. Ramon kannte diese Tricks sehr gut. Er würde sich nicht täuschen lassen. Seinen Schmerz über die Mittäterschaft von Rosa bei diesem unglücklichen Plan bei sich haltend, indem er sich sagte, dass sie dies sicherlich nur tat, um einen Weg zu finden, wieder mit ihm zusammen zu sein, nannte er Rosa drei Tage lang Clara, wie es alle anderen auch taten. Aber das Warten verstärkte nur die Lust. Er war sich sicher, dass, sobald sie alleine mit ihm war, Rosa wieder Rosa sein würde. Am vierten Tag verspätete er sich in seinem Büro, bis Laura sich hingelegt hatte, und, fast ohne sie zu berühren, rutschte Ramón durch die halboffene Tür in das Kinderzimmer. Nie verlassen einen die Angewohnheiten. Ramón gab seinen Kindern einen Kuss, bevor er sich dem Schlafsofa zuwandte, wo Rosa schlief. Er betrachtete sie sehr lange und erinnerte sich mit einem großen Wohlwollen an das erste Mal, als er dasselbe in der Vergangenheit getan hatte.

Ein neues Leben eröffnete sich ihm nun, und dieses Leben, das einzig wahre Leben, gab sie ihm zurück. Er streckte den glorreichen Arm des Verrückten den Decken entgegen und deckte das neue Kindermädchen auf. Sie erwachte, schaute erschrocken zu Ramón und fing an zu schreien. Erstaunt versuchte Ramón, ihr den Mund zuzuhalten. Das neue Kindermädchen schrie nur noch heftiger und versuchte sich in den Armen von Ramón zu wehren. Die Kinder erwachten und fingen an zu weinen. Laura kam im Nachthemd in das Zimmer. Als er sie sah, wie sie schrie, dass sie alles gewusst habe, versuchte Ramón sie zu ersticken. Laura wehrte sich, so gut sie konnte. Alle schrien in den unterschiedlichsten Tönen. Das neue Kindermädchen half Laura, sich zu verteidigen und plötzlich, inzwischen auch weinend wie seine Kinder, riss

Ramón sich von allen los und rannte zu dem Fenster, welches auf die Straße ging. Zum Glück, um die Kinder zu beschützen, hatte das glückliche Paar, welches Laura und Ramón einst gewesen war, eine Reihe von Gitterstäben aus Eisen anbringen lassen, welche waagerecht bis zu einer beachtlichen Höhe das Fenster durchquerten.

Trotzdem hatte Ramón bereits ein Bein draußen, als Laura und das neue Kindermädchen es schafften, ihn von dem Fenster wegzuschaffen. Ramón riss sich wieder von allen los und rannte aus dem Haus.

Zwei Tage später fand die Polizei ihn auf einer Straße mit Prostituierten, welche er mit einer Taschenlampe anleuchtete. Er wurde in dasselbe Hospital eingewiesen, in welchem er über so viele Jahre der junge, brillante und bewährte Assistent des Direktors gewesen war. Seine Paranoia verwandelte sich sehr schnell in eine selbstzerstörerische; aber die intensive Behandlung mit chemischen Substanzen, deren Vorzüge er so intelligent verteidigt hatte, schien in seinem Fall keine Wirkung zu zeigen.

ÜBER DEN AUTOR

Juan García Ponce (1932–2003) ist ohne Zweifel einer der herausragendsten modernen Schriftsteller Lateinamerikas. Geboren in Yucatan, Mexiko, und aufgewachsen in Mexiko-Stadt, umfasst sein Lebenswerk Kurzerzählungen, Romane, Theaterstücke, Übersetzungen und Drehbücher und ist eines der größten und vielfältigsten in der mexikanischen Literatur. In seiner künstlerischen Arbeit beschäftigt er sich vornehmlich mit der Kluft zwischen Identität, Liebe, Einsamkeit, Wahnsinn, Erotik und Kunst. Als Intellektueller gehört er zu der so genannten *Generación de la Casa del Lago*, einer Gruppe von Schriftstellern, zu denen auch Sergio Pitol, Inés Arredondo, José Emilio Pacheco und viele andere große Schriftsteller und Literaturkritiker zählen.

In seinen insgesamt 21 Kurzerzählungen (span. *cuentos*), von denen drei in diesem Buch vorgestellt werden, bedient sich García Ponce unter anderem dem für ihn experimentellen Thema der Erotik als Auflehnung gegen das Normale. Im Gegensatz dazu schreibt er seine Kurzerzählungen in der Regel volkstümlich, ohne dabei zu sehr in die Folklore abzugleiten. Obwohl in der spanischen Rezeption vielfach die Erotik als das herausragende Merkmal seiner Kurzerzählungen gilt, lenkt diese Sichtweise sehr von dem eigentlichen historischen Wert dieses Autors für die mexikanische Literatur ab, der folgende Generationen auf unterschiedliche Weise nachhaltig geprägt hat. Die vielen Auszeichnungen, die er im Laufe seines Schaffens erhielt, zeugen von der großen Anerkennung, die er auch heute noch in ganz Lateinamerika genießt.

Mathias Sasse